KB095484

왜 방사능이 유출되면 안 되나요?

왜 방사능이 유출되면 안 되나요?

1판 1쇄 펴냄 2014년 7월 25일
1판 2쇄 펴냄 2015년 5월 15일

지은이   홍상하
그린이   손진주
편집   박경화, 최민경, 황설경, 유나리
마케팅   한아름, 양정아

펴낸이   하진석
펴낸곳   참돌어린이

주소   서울시 마포구 독막로 15길 3-13
전화   02 - 518 - 3919
팩스   0505 - 318 - 3919
이메일   book@charmdol.com
신고번호   제313 - 2011 - 157호
신고일자   2011년 5월 30일

ISBN   978 - 89 - 97592 - 60 - 9 64400

＊이 책 내용의 전부나 일부를 이용하려면 반드시 저작권자와
  참돌어린이의 서면 동의를 받아야 합니다.
＊책값은 뒤표지에 있습니다.
＊잘못된 책은 구입하신 곳에서 바꾸어 드립니다.

왜 방사능이 유출되면 안 되나요?

홍상하 지음·손진주 그림

참돌어린이

들어가는 글

가을이 아닌데도 잎이 붉은 나무로 가득한 숲이 있어요. 바로 체르노빌 원자력 발전소를 둘러싸고 있는 숲이에요. 방사능 사고 이후 나무들이 다 죽어 버린 슬픔의 숲이랍니다. 방사능 유출 사고가 일어난 지 이미 30여 년이 지났지만, 방사능 사고를 이야기할 때면 여전히 제일 먼저 나오는 지역이에요.

방사능으로 인해 세계 지도에서 사라져 버린 섬과 아무도 살 수 없게 된 땅이 있다는 걸 알고 있나요? 몇 해 전에 이웃 나라 일본에서 일어났던 후쿠시마 원자력 발전소 폭발 사고는요? 이 사고가 난 후부터 우리나라도 방사능과 관련하여 여러 영향을 받게 되었어요. 일본산 수산물을 수입 금지했고, 우리나라에서 나오는 농작물도 방사능 검사를 하게 되었지요. 비가 오는 날이면 방사능 비를 맞지 않게 조심하라는 뉴스가 나오기도 하고요.

흔히 사람들은 이런 이야기를 들으면 '방사능은 무섭고 나쁜 것'이라고 생각하지요. 하지만 방사능이 무조건 나쁜 것만은 아니에요. 우리가 편리한 생활을 누릴 수 있도록 도와주기도 하기 때문이지요. 다만 방사능이 외부로 유출되면 돌이킬 수 없는 참사가 발생하기 때문에 조심하고 경계하는 거랍니다.

이 책은 여러분 또래의 아이인 지훈이가 뒷동산의 낡은 창고에서 만나 알게 된 신비한 할머니와 떠나는 여행 이야기를 담고 있어요. 신기한 돌을 이용해 떠난 시간 여행에서 지훈이가 본 것은 무엇이었을까요? 함께 여행을 다니다보면 방사능의 무서움을 잘 몰라서 함부로 사용했던 사람들의 이야기, 방사능 유출 사건 등 방사능에 대해 좀 더 자세히 알 수 있게 될 거예요.

지훈이와의 여행이 끝나면 우리가 할 수 있는 일은 무엇인지, 조심해야 하는 건 무엇인지 생각해 보세요. 그리고 주변 사람들에게 방사능에 대해 정확하게 설명해 주세요. 이 책을 다 읽고 나면 방사능을 바라보는 시각이 완전히 달라져 있을 테니까요.

자, 그럼 지금부터 신비한 할머니의 손을 잡고 함께 여행을 떠나 볼까요?

2014년 여름, 보다 안전한 세상을 꿈꾸며

홍상하

차례

창고에 누군가 있다!

오늘은 여름방학이 시작되는 날이에요. 들뜬 친구들은 하굣길에 재잘재잘 웃음꽃을 피웠어요. 하지만 집으로 돌아가는 지훈이의 발걸음은 무겁기만 했지요.

"주민 건강 해치는 원전 건설 반대한다!"

"반대한다!"

마을 회관 앞에서 동네 어른들이 모여 소리치고 있었어요. 어른들은 머리에 '원전 반대'라는 띠를 두르고 구호를 외치고 있었어요. 지나가는 사람들에게 보여주기 위해 현수막도 쳐 놓고 있었지요.

지훈이와 나란히 집에 가던 현수가 물었어요.

"원전이 뭐길래 어른들이 저렇게 난리지?"

같이 걸어가던 용민이가 안경을 고쳐 쓰며 대답했어요.

"원자력 발전소를 줄여서 원전이라고 부른다던데?"

"그게 뭐하는 건데?"

"전기 만들어 주는 공장 아니야? 원자력 발전소가 마을에 생기면

주민들한테 안 좋기 때문에 반대하는 거래!"

"그렇지만 그거 세우게 되면 우리 동네에 체육관도 만들어 준다고 하던데……."

그러자 용민이가 깜짝 놀라 입을 벌리며 말했어요.

"우아, 진짜?"

"응. 그런데 왜 반대하는지 모르겠어. 어른들이 매일매일 소리치는 탓에 우리 할머니는 힘들어하셔. 날씨가 더운데도 시끄러운 소리 때문에 창문을 닫고 계시더라고. 도대체 뭐 때문에 반대하는 거지?"

현수와 용민이는 신이 나서 계속 대화를 나누었어요. 하지만 지훈이는 무슨 까닭인지 원전 반대 운동을 하는 어른들을 힐끔힐끔 쳐다보며 말없이 걷기만 했어요. 그런 지훈이에게 용민이가 물었어요.

"지훈아, 넌 어른들이 왜 저러는지 알아?"

그러자 지훈이는 잘못한 걸 들킨 사람처럼 깜짝 놀랐어요.

"응? 으응. 글쎄……."

지훈이는 말끝을 흐리며 고개를 푹 숙였어요. 그러고는 서둘러 마을 회관 앞을 지나갔어요. 사실 지훈이네 부모님은 매일 원전 반대 운동에 참여하고 계셨어요. 그래서 지훈이는 마을 회관 앞을 지날 때면 혹시라도 부모님이 이름을 부를까 두려워서 고개를 푹 숙였지요.

현수와 용민이처럼 지훈이도 사람들이 왜 원자력 발전소 건설을 반대하는지는 잘 몰랐어요. 다만 부모님이 원전 반대 운동을 하는 것이 창피했어요.

그때 현수가 들뜬 목소리로 말했어요.

"맞다. 나 이번에도 서울에 있는 할머니 댁에 간다!"

현수는 방학 때가 되면 매번 할머니 댁에 놀러 갔어요. 그리고 방학이 끝나 갈 때쯤이면 돌아와 할머니께 받은 선물을 자랑했지요.

용민이가 부러움 가득한 눈으로 현수를 쳐다보며 물었어요.

"우아, 정말? 그럼 놀이동산도 가고, 귀신의 집도 가는 거야?"

"당연하지! 할머니가 놀이동산에 데려다 주신다고 약속했어. 귀신의 집만 세 번 들어갈 거다!"

지훈이는 부모님이 원전 반대 운동을 하느라 바쁘신 탓에 여름방학에 아무런 계획이 없었어요. 게다가 어렸을 때 할머니께서 돌아가셔서 놀러 갈 할머니 댁도 없었지요. 심통이 난 지훈이가 퉁명스러운 목소리로 말했어요.

"귀신의 집 같은 건 여기에서도 갈 수 있다, 뭐."

지훈이의 말에 깜짝 놀란 현수와 용민이가 눈을 동그랗게 뜨고 지훈이를 쳐다보았어요.

"우리 집 뒷동산에 창고같이 생긴 집 있는 거 알지? 아무도 안 쓰는 그 창고 말이야. 거기에 귀신이 살고 있다는 소문이 있거든. 그래서 난 이번 여름방학 때 귀신의 집에 있는 가짜 귀신 말고 진짜 귀신을 찾아볼 거야."

"진짜? 우아, 무섭겠다. 그럼 지훈이 너한테는 귀신의 집은 아무것도 아니겠다."

"그럼! 귀신의 집에 있는 건 가짜 귀신이지만, 그 창고에 있는 건 진짜 귀신이라고!"

사실 지훈이가 말한 그 창고에 귀신이 산다는 소문은 없었어요. 지훈이도 그 창고에는 간 적이 없었고요. 거짓말을 한 것이 양심에 찔렸지만, 현수와 용민이의 반응에 지훈이는 조금 우쭐해졌어요.

용민이가 흥미롭다는 얼굴로 지훈이에게 물었어요.

"그럼 거기서 귀신을 봤다는 사람이 있어?"

용민이의 물음에 지훈이는 당황했어요. 당연히 귀신을 봤다는 사람이 있을 리가 없었지요. 지훈이는 괜히 딴청을 부리며 대답했어요.

"아직은 못 들었는데, 방학 때 내가 직접 보면 되지! 난 집에 다 왔어. 먼저 갈게!"

"알았어. 그럼 귀신 보게 되면 방학 끝나고 꼭 알려 줘!"

"당연하지. 그럼 방학 잘 보내."

지훈이는 서둘러 그 자리에서 벗어나고 싶었어요. 그래서 친구들에게 인사를 하고 부리나케 집으로 뛰어갔어요.

대문을 열고 마당에 들어서며, 지훈이는 큰 소리로 말했어요.

"다녀왔습니다!"

하지만 아무도 반겨 주는 사람이 없었어요.

'휴, 아까 그곳에 계셨나 보네.'

지훈이는 마당을 지나 현관문을 열고 집으로 들어갔어요. 거실에 책가방을 던져 놓고 텔레비전 전원 버튼을 눌렀어요. 하지만 텔레비전이 켜지지 않았어요.

"에휴, 또 코드를 빼 두셨나 봐."

지훈이는 한숨을 푹 쉬고는 코드를 찾았어요. 그러고는 코드를 꼽아 텔레비전을 켰어요.

텔레비전에서는 만화를 하고 있었어요. 지훈이가 좋아하는 만화는 아니었지만 그냥 틀어 두었어요. 딱히 텔레비전을 보는 건 아니었지만 조용한 집이 싫었기 때문이지요. 아직 어두운 저녁은 아니었지만 지훈이는 부엌으로 가서 불을 켰어요. 식탁 위에는 샌드위치가 있었고, 그 옆에 엄마의 쪽지가 놓여 있었어요.

'간식 꼭 챙겨 먹으렴. 저녁 먹기 전에 들어올게.'

"치, 혼자 먹는 간식은 맛없는데…….."

지훈이는 툴툴거리며 냉장고 문을 열어 봤어요. 냉장고에 간식이 없다는 걸 알고 있었지만 습관처럼 문을 열어봤어요. 그리고 방으로 들어와 컴퓨터를 켰어요. 선풍기도 켜고 에어컨도 켰지요.

어제도 습관처럼 이렇게 했다가 아빠한테 호되게 혼이 났어요. 전기를 아낄 줄 모르면 나중에 큰일이 난다고 말이에요. 부모님은 전기를 아껴야 한다며 항상 코드를 빼놓았어요.

지훈이는 매일매일 원자력 발전소 반대 운동에 나가는 부모님이 이해되질 않았어요. 이럴 때 현수처럼 항상 내 편이 되어 주는 할머니가 있었으면 했어요.

"나도 할머니가 있었으면 좋겠다…….."

지훈이는 컴퓨터 게임을 하려다 말고 침대에 벌러덩 누워 중얼거

렸어요. 베개를 끌어안고 천장을 바라보다가 문득 친구들에게 거짓 말했던 기억이 떠올랐어요.

"아휴, 어쩌자고 내가 그런 거짓말을 했을까?"

방학이 끝나고 나면 분명 친구들이 귀신을 정말 봤냐며 데려가 달 라고 할 텐데 걱정이었어요. 지훈이는 한참을 침대에 누워서 끙끙거 리다가 벌떡 일어났어요.

"그래! 직접 가 보지, 뭐!"

지훈이는 집을 나섰어요. 들판을 가로질러 걷다 보니 낡은 창고가 보였어요. 나무로 만들어진 오두막같이 생긴 창고는 아무도 사용하 지 않는 듯 항상 불이 꺼져 있었어요. 게다가 너무 낡아서 금방이라 도 쓰러질 것만 같았지요. 지훈이는 창고 앞에서 한참을 서 있었어요. 매미 우는 소리마저 무섭게 느껴졌어요.

'그냥 돌아갈까?'

지훈이는 한참을 망설였어요. 그러다가 기왕 온 김에 들어가 보는 것이 나을 것 같다는 생각이 들었어요. 크게 숨을 들이마신 지훈이는 조심스럽게 창고 앞에 섰어요. 문에 달린 손잡이의 껍질이 벗겨져 있 었어요. 혹시라도 누가 있을까 봐 귀를 기울였지만, 안에선 아무 소리도 나지 않았어요. 지훈이는 침을 꼴깍 삼키고는 낡은 손잡이를 천천히 돌렸어요.

"끼이익⋯⋯."

낡은 창고의 문이 드디어 열렸어요.

방사성 폐기물은 어떻게 처리하나요?

원자력 발전의 가장 큰 문제점은 위험하고 독성이 가득한 방사성 폐기물이 나온다는 거예요. 폐기물은 계속해서 방사능을 뿜어내기 때문에 자연에도 좋지 않은 영향을 끼치지요. 하지만 아직까지 방사성 물질을 안전한 상태로 변화시킬 기술은 개발되지 않았어요.

다행인 것은 오랜 시간이 흐르면 이 방사능 물질이 가지고 있는 독성이 점차 줄어들게 된다는 거예요. 방사능 물질마다 독성이 줄어드는 시간이 다른데, 어떤 물질은 2만 4천년이나 걸리는 것도 있답니다.

그렇다면 이런 방사성 폐기물은 어떻게 처리하고 있을까요?

● 원자로 안에 그대로 두어요.

원자로 자체가 원자력 사고를 막기 위해 쓰이는 안전장치나 다름없어요. 어느 곳보다도 튼튼하고 안전하지요. 하지만 원자로가 낡아서 약해질 경우에는 원자로에서 방사성 폐기물을 꺼내 다른 곳으로 옮겨야 하는 단점이 있어요.

🌑 땅속에 묻어 두어요.

아무데나 묻을 수 있는 건 아니에요. 땅속에 두꺼운 바위로 된 바닥 층이 있어서 방사성 폐기물로부터 나오는 방사능을 차단할 수 있는 곳이어야 해요. 약 1만 년 정도 묻어 둬야 할지도 모르기 때문에 아주 튼튼한 바위 바닥이 필요하지요.

🌑 바닷속에 넣어 두어요.

방사성 폐기물을 넣은 통에 콘크리트를 부어 굳혀서 바닷속 깊숙히 넣어 두는 방법이 있어요. 이때도 역시 바닷속의 바위 바닥층을 이용해요.

하지만 위에서 말한 세 가지 방법 모두 문제가 있어요. 지진이나 해일, 강한 태풍과 같은 자연재해로 인해 방사성 폐기물이 새어 나오게 되면, 그 주변은 순식간에 오염이 되고 말기 때문이에요. 그래서 사람들은 자신들이 사는 지역에 원자력 발전소가 생기길 원치 않는 거랍니다.

수상한 파란 눈의 할머니

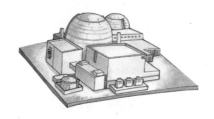

"이게 뭐지?"

창고로 들어간 지훈이는 눈이 휘둥그레졌어요. 자세히 살펴보니, 어두컴컴한 창고 안에는 이상한 기구들이 잔뜩 있었어요. 과학실에서 보던 플라스크와 저울이 있었고, 어디에 쓰는 건지 모를 커다란 기계도 있었어요. 마치 무언가를 연구하는 곳 같았지요. 그런데 실험 기구들 사이에서 지훈이는 이상한 것을 발견했어요.

"이상하다. 왜 돌이 책상 위에 놓여 있는 거지?"

지훈이는 고개를 갸우뚱하며 돌을 향해 손을 뻗었어요.

그때였어요. 누군가가 지훈이에게 말했어요.

"허락 없이 남의 물건에 손을 대는 건 나쁜 행동이란다."

"으악!"

깜짝 놀란 지훈이는 다리에 힘이 풀려 주저앉고 말았어요. 엉덩방아를 찧은 지훈이 눈에 책상 맞은 편에 서 있는 검은 옷을 입은 누군가가 보였어요.

"귀, 귀신⋯⋯?"

지훈이는 힘껏 소리치며 도망치고 싶은 마음이 굴뚝 같았어요. 그런데 생각처럼 목소리가 제대로 나오지 않았어요.

검은 옷을 입은 사람은 서서히 지훈이 앞으로 다가왔어요. 한 걸음씩 가까워질 때마다 지훈이의 심장이 쿵쾅거렸어요. 지훈이는 고개도 들지 못하고 덜덜 떨고 있었어요. 어느새 그 사람은 지훈이 앞까지 다가왔어요. 지훈이는 눈을 질끈 감았어요.

"괜찮니?"

다정한 목소리에 지훈이는 살그머니 눈을 떴어요. 지훈이의 눈앞에는 파란 눈동자를 가진 할머니가 서 있었어요. 검은색 원피스를 입은 할머니는 지훈이를 장난스럽게 쳐다보고 있었지요. 할머니는 지

훈이에게 불쑥 손을 내밀며 말했어요.

"놀라게 할 생각은 없었는데……. 미안하구나."

지훈이는 얼떨결에 할머니의 손을 잡고 일어났어요. 지훈이가 감사하다고 말하자, 할머니가 물었어요.

"이 근처에서 사니?"

"네, 전 이 동산 아래에 있는 동네에서 살고 있어요. 할머니는 여기 사세요?"

"글쎄……. 일단은 여기에 살고 있지!"

지훈이는 '일단'이라는 말이 무슨 뜻인지 이해가 되지 않았어요. 하지만 시간이 지날수록 할머니에 대한 무서움이 사라졌어요. 그보다도 외국사람 같아 보이는 할머니의 입에서 한국어가 술술 나오는 게 신기했어요.

"할머니, 외국인 맞으시지요? 어디에서 오셨어요?"

할머니는 잠시 뜸을 들이더니 대답했어요.

"유럽에 있는 폴란드에서 왔지."

지훈이는 폴란드가 어디에 있는 나라인지 잘 몰랐어요. 그래서 그냥 고개만 끄덕였어요.

"아, 그러시군요. 전 지훈이라고 해요. 저기 저 파란 지붕 집에서 살고 있어요."

지훈이가 손가락으로 창밖으로 멀리 보이는 파란 지붕 집을 가리켰어요. 할머니가 지훈이네 집을 보고는 말했어요.

"아, 저기 환하게 불이 켜져 있는 집 말이니?"

할머니의 말에 창밖을 다시 내다본 지훈이는 아차 싶었어요.

"에휴, 또 아빠한테 혼날 거예요. 불 켜 두고 나왔다고."

"전기는 아끼는 게 좋지. 요새 마을에서 원자력 발전소 건설 반대 운동도 하잖니? 그럴수록 더 아껴야 하지 않겠어?"

"전기랑 원자력 발전소랑 관계가 있나요?"

지훈이의 물음에 할머니는 눈을 동그랗게 뜨고 말했어요.

"원자력 발전소에서 전기를 만든다는 거 몰랐니?"

지훈이는 아무런 대답도 못 하고 눈만 깜빡였어요. 번번이 부모님에게 전기 아끼라는 소리를 귀가 아프게 듣기는 했어요. 하지만 원자력 발전소에서 전기를 만들 줄은 생각도 못 했지요.

창밖으로 해가 뉘엿뉘엿 지고 있었어요. 방 안도 어두워졌지요. 할머니는 뭔가 결심한 듯이 끼고 있던 팔짱을 풀며 말했어요.

"불은 이렇게 어두워질 때 켜는 거란다. 내가 원자력 발전소에서 전기를 만드는 과정을 보여주마."

할머니의 말을 들은 지훈이는 불 켜는 스위치를 찾아 두리번거렸어요. 하지만 어디에도 스위치는 보이지 않았어요.

"그쪽이 아니야. 이리 오렴."

할머니는 커다란 상자 앞으로 지훈이를 불렀어요. 그러고는 뚜껑처럼 덮여 있던 커다란 상자를 들어올렸어요. 상자에 감춰져 있던 것은 바닷가를 배경으로 만들어진 커다란 공장 모형이었어요. 지훈이는 눈이 휘둥그레졌어요.

"이게 뭐예요?"

"원자력 발전소를 모형으로 작게 만들어 둔 거란다. 지금부터 원자력 발전소에서 전기를 만들어 불을 켤 거야."

할머니는 원자력 발전소의 모형 옆에 달린 빨간 버튼을 눌렀어요. 그러자 원자력 발전소 안에 빨간 불빛이 반짝거렸지요. 원자력 발전소 모형은 투명하게 되어 있어서 안에서 일어나는 일이 잘 보였어요.

"원자력 발전소는 화력 발전소와 비슷하단다. 화력 발전소는 석유나 석탄을 태워 열을 만들어 내지? 원자력 발전소에서는 우라늄이라

　는 연료를 쪼개서 열을 만들어 낸단다.

　저기 빨간 불이 들어온 거 보이지? 우라늄이 쪼개질 때마다

아주 뜨거운 열이 발생되는 거지. 그 열로 증기가 만들어지는 거고.

저기 원자로를 보렴."

　할머니의 말대로 원자로의 열 때문에 물이 뜨거워지면서 증기가

생겼어요. 그러자 뜨거운 증기의 힘으로 원자로와 연결된 커다란 날개 달린 기계가 돌기 시작했어요. 마치 선풍기가 도는 것 같았지요.

"할머니, 저 선풍기처럼 생긴 게 뭐예요?"

"저건 터빈이라고 부르지. 돌 때마다 힘을 얻는데 그 힘으로 발전기가 돌아가면서 전기 에너지가 생겨나는 거란다."

터빈은 점점 빠른 속도로 돌기 시작했어요. 그리고 얼마 지나지 않아 전등불이 켜졌어요. 전등불을 가리키며 할머니가 말했어요.

"전기를 만들기 위해서는 생각보다 많은 힘이 든단다."

지훈이는 얼마 전에 했던 과학 숙제가 생각났어요. 그때 발전소의 종류에 대해서 조사했거든요. 그 숙제 덕분에 지훈이는 발전소에 대해서 여러 가지를 배우게 되었어요. 수력 발전소는 물이 떨어지는 힘을 이용하고, 풍력은 바람을, 태양력은 태양열을, 화력은 석탄이나 석유를 이용해서 발전기를 돌리는 것이었지요.

그런데 지훈이가 한 가지 이해가 잘 되지 않는 부분이 있었어요. 원자력 발전기를 돌리는 과정을 들어 보니 화력 발전소에서 전기를 만드는 과정과 비슷했기 때문이었지요. 화력 발전소를 만들면 될 텐데 왜 따로 원자력 발전소를 만드는지 이해가 안 됐어요. 지훈이는 할머니에게 물었어요.

"그런데요, 할머니. 원자력 발전소가 전기를 만드는 곳이란 건 알겠는데요. 왜 굳이 위험한 원자력 발전소를 만드는 거예요?"

"그건 말이지, 원자력 발전소가 다른 발전소보다 적은 양으로 많은 양의 전기를 만들어 낼 수 있기 때문이야."

할머니는 지훈이를 흐뭇하게 바라보며 계속 말했어요.

"우라늄은 아주 적은 양으로도 굉장히 많은 에너지를 만들 수 있단다. 우라늄 1그램을 이용해서 만드는 에너지는 석유 9드럼, 석탄 3톤을 태워서 만든 에너지양과 같거든."

지훈이는 박수까지 치며 감탄했어요.

"우아, 그래서 원자력 발전소를 세우는군요! 할머니는 모르는 게 없네요?"

지훈이는 왠지 친할머니가 생긴 것 같아 기분이 좋았어요.

그때 멀리서 "원전 반대!"라는 함성이 들려왔어요. 원자력 발전소를 반대하는 어른들이 동네를 한 바퀴 도는 모양이었어요. 지훈이는 듣기 싫다는 듯 인상을 찌푸리며 말했어요.

"왜 하필 우리 동네에 짓는다고 해서 저렇게 시끄럽게 만드는 건지 모르겠어요."

"그건 이 동네가 바다와 가깝기 때문이란다. 원자력 발전소는 보통 바닷가에 짓거든. 왜 바닷가에 짓는 줄 아니?"

"글쎄요. 경치가 좋기 때문일까요?"

지훈이의 말에 할머니는 큰 소리로 웃더니 대답했어요.

"발전소는 호텔이 아니야. 전기가 경치 감상할 일이 있겠니? 그 이유는 원자력 발전소가 화력 발전소보다 훨씬 높은 열이 발생하기 때문이란다. 적은 양의 물로는 원자력 발전소에서 나오는 열기를 식힐 수가 없거든. 그래서 발전을 할 때마다 아주 많은 양의 물이 필요하기 때문에 바닷물을 이용하려고 바닷가에 짓는 거란다."

지훈이는 고개를 끄덕이며 할머니에게 다시 물었어요.

"그런데 석유를 태우는 거나 우라늄을 사용하는 건 비슷할 것 같은데 왜 원자력 발전소만 유독 반대가 심한 걸까요?"

"그건 말이지……."

그때였어요. 밖에서 희미하게 아빠와 엄마의 목소리가 들렸어요.

"지훈아, 어디 있니?"

아빠와 엄마가 지훈이를 찾는 소리였어요. 지훈이는 아쉬운 듯 할머니를 쳐다보았어요. 할머니는 어깨를 으쓱하더니 등을 토닥여 주었어요.

"더 늦기 전에 가 보렴."

할머니의 말에 지훈이는 고개를 끄덕이고 창고를 나서기 위해 문을 열었어요. 그러다가 잠시 멈춰서는 할머니에게 조심스럽게 물었어요.

"저……, 또 와도 괜찮아요?"

"지훈이라고 했지? 언제든지 놀러 오렴. 난 마리라고 한단다. 마리 할머니라고 부르면 돼."

마리 할머니는 씩 웃으며 지훈이에게 말했어요.

"덕분에 오늘 나도 즐거웠단다. 심심하면 언제든 놀러 오렴."

깍쟁이 유리

　그날 이후로 지훈이는 매일 창고를 찾아갔어요. 그때마다 마리 할머니는 항상 무언가 연구를 하고 있었어요. 지훈이와 대화를 하게 되면 연구에 방해가 될 텐데도 언제나 웃으며 반겨 주었어요. 지훈이도 다른 친구들처럼 멋진 할머니가 생긴 것 같아 하루하루가 행복했어요.

　그러던 어느 날이었어요. 습관처럼 창고로 놀러 가려던 지훈이를 엄마가 불러 세웠어요.

　"지훈아, 오늘은 아빠랑 같이 외출할 거니까 준비하렴."

　"네? 어디 가는데요?"

"아빠 친구 댁에 놀러 갈 거야."

"약속이 있기는 한데……. 알겠어요."

볼멘소리로 투덜거리긴 했지만, 지훈이는 왠지 모르게 설렜어요. 부모님과 함께 외출한다는 생각에 마음이 들떴지요. 부모님이 바쁘셨던 탓에 여름방학이었는데도 함께 놀러 갈 시간이 없었거든요.

잔뜩 들뜬 지훈이는 자동차 뒷좌석에 앉아 경치를 보느라 정신이 없었어요. 그때 아빠가 물었어요.

"방학 숙제는 잘하고 있니?"

"그럭저럭이요. 아직 방학이 끝나려면 멀었으니까 괜찮아요."

"그렇다고는 해도 친구들이랑 마냥 놀기만 하면 안 된다. 알았지?"

"걱정 마세요. 애들은 모두 할머니 댁이나 친척 집에 놀러 가서 여기 없는 걸요."

그러자 아빠가 의아하다는 표정을 지으며 물었어요.

"그럼 요새 어딜 그렇게 자주 나가는 거니? 저녁마다 집에 돌아오면 도통 보이질 않더구나."

지훈이는 뜨끔했어요. 창고에서 마리 할머니를 만나는 일은 비밀로 하고 싶었거든요. 그래서 급히 둘러댔지요.

"관찰 일기를 써야 해서 자주 나가는 것뿐이에요."

"아빠랑 같이했으면 좋았을 텐데…… 요새 아빠와 엄마가 많이 바빠서 같이 놀지도 못했구나."

"아, 아니에요! 저 하나도 안 심심해요."

지훈이가 고개를 강하게 저었지만 부모님은 지훈이에게 미안한 눈치였어요. 그때 엄마가 손바닥을 짝 치며 말했어요.

"그러고 보니 지금 가는 집에 너랑 동갑인 친구가 있어. 잘 됐구나!"

지훈이는 마리 할머니가 있었기 때문에 딱히 심심하지는 않았어요. 그래도 새 친구를 만난다는 생각에 마음이 들뜨기 시작했어요.

'그 애랑 같이 농구나 컴퓨터 게임을 하면 되겠다!'

차를 타고 도착한 곳은 넓은 마당이 있는 주택이었어요. 마당에 들어선 지훈이는 눈이 휘둥그레졌어요. 마당에서 보이는 집의 지붕에 유리판이 잔뜩 덮여 있었기 때문이었어요. 부모님이 집 안으로 들어가도 지훈이는 특이한 지붕에 정신이 팔려 멍하니 보고만 있었어요. 보면 볼수록 신기했어요.

"뭘 보니?"

　낯선 목소리에 뒤를 돌아보니 웬 여자아이 하나가 서 있었어요. 여
자아이는 커다란 눈을 깜박이며 지훈이를 보다가 말했어요.

　"네 표정을 보니 저게 뭔지 모르는 모양이구나? 저건 태양열 전
지판이야. 저걸 이용해서 태양열을 모으는 거야. 그걸로 전기를 만
드는 거지."

　"네가 그걸 어떻게 알아?"

"여기가 우리 집이니까. 그리고 저건 우리 아빠가 특별히 주문해서 만든 하나밖에 없는 발전기니까. 우리 집에서 사용하는 전기의 대부분은 저 태양열 발전기에서 얻어. 그래서 전기료도 거의 안 들지. 너희 집은 저거 안 쓰니?"

지훈이는 태어나서 처음으로 보는 태양열 발전기였어요. 수업 시간에 들은 적은 있었지만 이렇게 눈으로 보는 것은 처음이었지요. 신기한 마음도 들었지만 왠지 잘난 척하듯 말하는 아이 때문에 자존심이 상했어요. 지훈이는 지기 싫은 마음에 목소리를 높여 말했어요.

"저런 태양열 에너지보다 원자력이 훨씬 더 많이 전기를 만들 수 있다, 뭐."

"칫, 원자력보다 훨씬 더 많은 전기를 만들어 내는 친환경 에너지를 나중에 내가 개발할 거야."

"어차피 지금은 없잖아. 그리고 그런 걸 네가 어떻게 개발해? 원자력은 지금 당장이라도 다른 연료보다 값싸게 많은 전기를 만들 수 있는 걸!"

"원자력은 뭐 좋기만 한 줄 아니? 원자력 때문에 방사능 문제가 있는 거잖아!"

여자아이의 말에 지훈이는 잠시 말문이 막혔어요. 방사능이라는 말도 낯설었고, 원자력 발전소 때문에 문제가 생긴다는 말도 이해가 되지 않았어요. 하지만 지기 싫은 마음에 소리를 높였어요.

"바, 방사능이 뭐가 나쁜데! 설명을 해 봐!"

"그건……."

"거 봐, 너도 모르면서 아는 척하긴."

그때였어요. 엄마께서 마당으로 나오시더니 지훈이에게 다가오며 말했어요.

"어머나, 너희들 여기서 뭐 하고 있었니? 벌써 만나서 놀고 있었던 거니? 유리는 정말 많이 컸네! 지훈아, 아빠 친구 딸인 유리란다. 그리고 유리야, 여긴 우리 아들 지훈이야. 어렸을 때 같이 놀았었는데, 기억 안 나니?"

지훈이와 유리는 서로 눈도 마주치지 않고 땅바닥만 보고 있었어요. 엄마는 웃으며 말했어요.

"둘이 동갑이니까 친하게 지내도록 하렴. 지훈아, 뭐하니? 어서 인사하지 않고!"

엄마가 인사하라는 듯 지훈이의 어깨를 툭 쳤어요. 지훈이는 마지 못해 인상을 쓰며 말했어요.

"안녕."

그러자 유리도 입을 삐죽이며 퉁명스럽게 대답했어요.

"그래, 안녕."

아무것도 모르는 엄마는 만족스러운 듯 빙긋 웃었어요.

"자자, 어서 들어가서 밥 먹자꾸나. 유리네 엄마가 아주 맛있는 불고기를 만들어 놓으셨단다. 그것도 태양열을 이용한 전자레인지를 사용해서!"

점심을 먹고 어른들이 이야기꽃을 피우는 동안 지훈이는 유리의 방에 있어야만 했어요. 지훈이는 태양열 전기를 이용한 전기스탠드를 만져 보고 싶었어요. 하지만 잔뜩 토라진 유리는 방에서도 삐죽거렸어요.

"여기 있는 내 물건은 아무것도 만지지 마!"

지훈이는 속으로 중얼거렸어요.

'내가 뭐 여기 있고 싶어서 있는 줄 아나!'

잔뜩 심통이 난 채 집으로 돌아온 지훈이는 저녁밥도 먹는 둥 마는 둥 했어요. 그리고 숟가락을 놓자마자 창고로 달려갔어요.

지훈이가 씩씩대며 창고 문을 열고 들어서자, 마리 할머니가 고개를 갸우뚱하며 물었어요.

"무슨 일 있었니? 얼굴에 잔뜩 뿔이 났구나!"

지훈이는 유리네 집에서 있었던 일을 털어놓으며 투덜거렸어요.

"완전히 깍쟁이 같다니까요. 잘 알지도 못하면서! 할머니도 그랬잖아요. 원자력 발전소는 화력 발전소보다 훨씬 많은 전기를 만들어 낼 수 있다고."

"그래, 그 말은 사실이란다."

"그런데 유리는 원자력 발전소는 방사능 때문에 위험하니까 태양열 발전소가 환경에 훨씬 좋대요."

"그 아이 말도 맞지."

마리 할머니의 대답에 지훈이는 심통이 났어요.

"할머니는 도대체 누구 편이에요? 방사능 그게 뭐가 문젠데 원자력 발전소를 싫어하는 거죠?"

"지훈아, 잘 들어 보렴. 분명 원자력 발전소는 우리가 소비하는 전기를 충당하기 위해선 꼭 필요한 발전소야. 하지만 문제점이 하나 있단다. 방금 네가 말한 방사능이지."

마리 할머니는 잠시 아무 말도 하지 않았어요. 그러더니 부엌으로 가서 냄비에서 막 삶은 감자를 꺼내 지훈이에게 건네주었어요. 감자에서는 김이 모락모락 났어요. 지훈이는 평소에 감자를 좋아하지 않았어요. 그런데 이상하게도 마리 할머니가 주는 감자는 맛있어 보였어요. 마리 할머니는 싱긋 웃더니 말했어요.

"어서 먹거라. 배고프면 괜히 신경이 더 날카로워지는 법이야. 우리 언니도 내가 화를 내면 항상 이렇게 먹을 것을 챙겨 주었지. 먹고 나면 기분이 훨씬 나아질 거야. 오늘은 집으로 돌아가서 쉬렴. 푹 자고 내일 오면 재밌는 곳에 데려다 주마."

빛나는 마법의 돌

창고에서 감자를 먹고 돌아온 날 밤, 지훈이는 잠을 쉽게 이룰 수가 없었어요.

'할머니가 데리고 가 준단 곳은 어디일까? 분명 할머니처럼 멋진 곳이겠지?'

지훈이는 들뜬 마음에 잠을 이루기 어려웠어요. 그래서 침대에서 일어나 배낭에 몇 가지 먹거리를 넣었어요. 그렇게 했는데도 시간은 여전히 그대로인 것 같았어요. 지훈이는 마음을 안정시키기 위해 누워서 숫자를 한참 센 뒤에야 겨우 잠자리에 들었어요.

아침이 되자마자 지훈이는 설레는 마음으로 배낭을 메고 창고로 향했어요. 도착하자마자 문을 벌컥 열고 소리쳤지요.

"마리 할머니, 저 왔어요!"

하지만 창고 안은 눈앞에 있는 것도 보이지 않을 만큼 어두웠어요.

"마리 할머니, 어디 계세요?"

"나 여기 있다!"

창고 안쪽에서 마리 할머니의 경쾌한 목소리가 들려왔어요. 하지만 앞이 보이지 않아서 마리 할머니가 어디 있는지 위치를 정확히 알 수가 없었어요.

"어두워서 어디 계신지 모르겠어요."

"아이코, 커튼까지 쳐 뒀던 걸 내가 깜빡했구나. 문 바로 옆에 보면 손전등이 있을 거야. 그걸 켜고 커튼을 좀 젖혀 주렴."

지훈이는 문 옆을 더듬거려 손전등을 찾았어요. 그리고 손전등을 켜고 창문까지 갔어요. 창문에는 까맣고 두꺼운 커튼이 쳐 있었지요. 어두운 창고에 커튼까지 치니 보이지 않는 것이 당연했어요.

지훈이가 커튼을 걷자 그제야 창고 안의 모습이 보였어요. 마리 할머니는 고글을 쓰고 실험대에 놓여 있는 돌을 보고 있었어요.

"할머니, 뭐 하시는 거예요?"

지훈이가 다가가 묻자, 마리 할머니는 고글을 벗으며 대답했어요.

"떠나기 위한 준비를 하고 있었단다. 떠나기 전에 우선 어제 하던 이야기를 마저 해 두는 것이 좋겠지?"

"방사능에 대해서요?"

마리 할머니가 말없이 미소만 짓자, 지훈이는 고개를 갸웃거리며 말했어요.

"방사능에 어떤 문제가 있어요? 그게 원자력과 무슨 관계가 있는 데요? 지금 우리나라에서 가장 많은 전기를 만들어 내는 게 원자력 발전소 아닌가요?"

"그렇지!"

"발전소를 세우는 데 가장 적은 돈이 들고 많은 에너지도 만들어 내고요. 그러니까 가장 효과적인 발전소인 거잖아요."

"아주 잘 알고 있구나. 그뿐만이 아니라 화력 발전소보다 공해를 적게 일으키지."

"그런데 왜 유리는 원자력 발전소를 나쁘게 말하는 거예요?"

"지훈이 네 말대로 원자력 발전소는 장점이 많단다. 우라늄을 이용해 나온 열은 석탄, 석유, 물을 이용한 것보다 훨씬 더 효과적이거든. 터빈을 돌리기도 매우 쉽고 말이야. 제대로만 돌아간다면 아무런 문제가 없어. 전기를 마음껏 쓸 수도 있다는 엄청난 혜택이 있으니 얼마나 좋겠니?"

"그런데 도대체 뭐가 문제예요?"

"문제는 말이다, 바로 '우라늄' 때문이야. 아니, 정확히 말하면 우라늄이 쪼개져 열이 날 때 나오는 방사선 때문이지."

마리 할머니의 말씀을 듣고 지훈이는 고개를 갸우뚱했어요. 방사선이라는 말은 뉴스에서 몇 번 들어본 적이 있어요. 하지만 정확히 뭔지는 알 수 없었지요. 지훈이가 도통 모르겠다는 표정을 짓자, 마리 할머니는 지훈이 손에 들린 손전등을 가리켰어요.

"그러면 손전등을 예로 들어 보자. 지금 불을 꺼 둔 손전등이 우라늄이라고 치는 거야. 이 우라늄은 방사성 물질이란다. 그리고 손전등을 켜는 것을 원자력 발전소에서 우라늄이 쪼개지기 시작하는 거라고 생각하자. 손전등을 켜 보렴."

지훈이는 마리 할머니 말씀대로 손전등을 켰어요. 손전등에서 불빛이 나왔고, 불빛은 쭉 뻗어 나가 연구소 구석을 비추었어요.

"이렇게 우라늄이
쪼개지는 것을 '분열'
이라고 부른단다. 분열
되니까 어떤 일이 생
기니?"

"그냥……. 빛이
나오는데요?"

"그래, 손전등을 켰을 때
나오는 빛을 방사선이라고 치자꾸나.
그렇다면 손전등이 켜지면서 불빛이 나오는 걸
다른 말로 어떻게 표현할 수 있을까?"

“음, 손전등이 우라늄이니까……. 우라늄이 분열되자 방사선이 나왔다?”

지훈이의 대답을 듣고 마리 할머니는 흐뭇해하며 말씀하셨어요.

“그래, 방사능이란 바로 그런 거야. 우라늄 같은 물질이 분열되면서 방사선을 내뿜는 것을 방사능이라고 해. 하지만 손전등 빛과는 달리 방사능은 눈에 보이지 않는단다. 보이지 않는 것은 물론 냄새도, 소리도 없지. 방사능은 어디든 뻗어 나갈 수 있어서 마치 보이지 않는 빛과 같단다. 그런데 이 방사능을 일정량 이상으로 쬐게 되면 몸에 매우 안 좋기 때문에 조심해야 해.”

“원자력 발전소에서 몸에 안 좋은 방사능이 나온다는 말이에요? 방사능이 못 새어 나가게 꽁꽁 막으면 되잖아요.”

“물론 그렇게 관리하고 있지. 하지만 말이야. 원자력 발전소는 폐기물을 만들어 낸단다.”

“그게 뭔데요?”

마리 할머니는 지훈이에게 원자력 발전소에서 생기는 폐기물에 대해 설명해 주었어요.

원자력 발전소에서 생기는 폐기물이란 방사능에 노출되었거나 발전기를 돌리는 데 사용했던 물, 분열되고 남은 우라늄 같은 것들인데, 이러한 것들은 나중에 큰 문제가 생길 수도 있어서 꼼꼼히 처리해야 한대요.

그런데 안타깝게도 이러한 폐기물을 처리하는 기술은 아직 발달하지 못해서, 발전소 안에 쌓아 두고 있다고 했어요. 그래서 시간이 지날수록 발전소에는 폐기물을 보관할 장소가 없어지고 있다고요. 방사능에 오염된 물질을 없앨 수 있는 기술이 생기지 않는다면 지구는 방사성 폐기물로 뒤덮일 수도 있다고도 했어요.

하지만 마리 할머니의 말을 들어도 지훈이는 원자력 발전소에 큰 문제가 없다고 생각했어요.

"그렇지만 방사능이 문제인 거잖아요? 방사능만 빠져나가지 못하게 관리하면 되지 않아요?"

"지훈이 네가 그렇게 말할 줄 알았다. 갈 곳이 있다고 했지? 날 따라오렴."

마리 할머니는 소매를 걷어붙이고는 크게 심호흡을 했어요. 마리 할머니의 비장한 표정을 보자 지훈이도 심장이 쿵쾅거렸어요.

"그런데 할머니, 방사능에 대한 이야기 말고 더 준비할 건 없어요?

우리 지금 어디로 가는 건데요? 뭐 타고 가요? 버스? 기차? 아니면
혹시 배?"

"아무것도 필요 없지! 이것만 있으면 된단다."

마리 할머니는 그렇게 말하고는 두 발을 굴렀어요.

"걸어서 간다고요?"

지훈이는 조금 실망한 기색으로 물었어요. 어딘가 멀리 갈 줄 알고
배낭까지 싸 왔는데 허탈했어요. 하지만 지훈이의 불만스러운 표정
과는 달리 마리 할머니는 잔뜩 들떠 있었어요.

"오래간만에 여행 갈 생각을 하니 조금 떨리는걸."

마리 할머니가 히죽 웃으며 말했어요. 그 웃음을 보고 있으니 마리
할머니를 믿고 따라가도 되는지 걱정이 되었어요.

마리 할머니는 책상 위에 놓여 있던 돌을 집어 들었어요. 처음 마리
할머니를 만났을 때 지훈이가 신기하게 생각했던 바로 그 돌이었지요.

할머니는 한 손에는 돌을 들고 큰 보폭으로 창고 문 앞으로 갔어요.
나무로 만들어진 낡은 창고 문 한가운데에는 구멍이 나 있었어요.

"지훈이까지 있는데 여행이 잘 되어야 할 텐데……"

마리 할머니는 한쪽 눈을 찡긋해 보이고는 돌을 문에 난 구멍에 끼

위 넣었어요. 돌은 구멍과 똑 맞아떨어졌지요. 그 순간 돌이 푸르스름

하게 빛났어요. 지훈이는 깜짝 놀라 눈을 비볐어요.

"지금 놀라기는 일러. 내 손을 꼭 잡으렴."

마리 할머니는 싱긋 웃더니 지훈이의 손을 덥석 잡고선 말했어요. 손을 잡아서인지 모르겠지만 지훈이는 마리 할머니가 전보다 다정하게 느껴졌어요. 마리 할머니는 돌을 끼워 놓은 문을 열었어요. 문밖에서 갑자기 모래바람이 불었고, 지훈이는 눈을 질끈 감았어요.

방사성 폐기물이란 무엇인가요?

방사성 폐기물이란 방사성 물질 또는 그에 의해 오염이 되어 폐기해야 할 물질들을 가리켜요. 즉 원자력을 이용하고 난 다음에 발생하는 방사능을 지닌 쓰레기라고 생각하면 되지요.

원자력 발전소에서는 핵에너지를 만들기 위해 우라늄 같은 방사성 물질을 사용하지요. 그런데 핵에너지를 만드는 과정에서 한 번이라도 방사능에 노출된 물질은 더 이상 다른 곳에 사용할 수 없게 된답니다.

방사성 폐기물은 방사능에 얼마나 오염되었는지에 따라 다음과 같이 나눌 수 있어요. 방사능에 가장 적게 오염된 방사성 폐기물은 '저준위 폐기물', 방사능에 가장 많이 오염된 방사성 폐기물은 '고준위 폐기물'이라고 부른답니다.

저준위 폐기물

방사성 폐기물 중 방사능에 가장 적게 오염된 것을 말해요. 보통 원자력 발전소 안에서 사람들이 사용한 장갑이나 필기도구 등을 포함해, 발전소 안에서 나온 모든 쓰레기를 가리켜요.

만약 원자력 발전소 안에서 컵라면을 먹었다면 컵라면 용기와 라면을 먹을 때 사용한 나무젓가락도 저준위 폐기물이 되는 거예요. 이런 저준위 폐기물은 방사능에 직접 오염된 것이 아니기 때문에 낮은 방사능을 띄고 있어요.

우리들이 일상생활에서 접하는 방사능과 거의 비슷한 수치예요. 하지만 혹시 모를 사고를 대비해서 폐기물로 정한 거지요. 전체 방사성 폐기물 중 90퍼센트 이상이 저준위 폐기물이랍니다.

🌸 중준위 폐기물

연구소에서 쓰인 방사선을 막아 주는 보호복이나 발전기에서 사용한 부품 같은 것들을 말해요. 저준위 폐기물보다 직접적으로 방사능에 노출되었기 때문에 더 위험해요. 하지만 저준위 폐기물과 큰 차이는 없기 때문에 비슷하게 처리하는 나라도 있어요.

🌸 고준위 폐기물

매우 위험한 폐기물이에요. 전체 방사성 폐기물 중 일부지만 가장 강력한 방사선을 뿜어 대는 무서운 폐기물이지요. 방사성 폐기물은 일 년에 축구장 수십 개를 가득 채울 만큼 많은 양이 나온다고 해요. 그중에서 가장 위험한 고준위 폐기물은 축구장 한 개의 반 정도를 채울 만큼 나와요. 방사성 폐기물 전체에 비하면 적은 양이지만 여기에서 나오는 방사능의 양은 어마어마해요. 방사선에 가장 많이 노출된 폐기물이기 때문이에요.

고준위 폐기물의 대부분은 원자력 발전소에서 사용한 후 남은 핵연료예요. 이 남은 핵연료에서 특수한 과정을 거쳐 우라늄과 플루토늄을 뽑아낼 수 있어요. 이렇게 뽑아내면 핵연료를 조금 더 사용할 수 있어요. 분리한 플루토늄을 이용해 핵무기를 만들기도 하지요. 이렇게 우라늄과 플루토늄까지 전부 뽑아내고 나면 남은 핵연료는 고준위 폐기물이 되는 거랍니다.

비키니 섬에서 일어난 일

창고 문을 열고 나오자, 지훈이와 마리 할머니의 눈앞에 놀라운 광경이 펼쳐져 있었어요. 원래대로라면 동산의 푸른 들판이 보여야 했는데 드넓은 모래사장과 푸른 바다가 있었어요. 푸른 바다 건너편에는 옹기종기 작은 섬들도 보였어요.

"이, 이게 어떻게 된 거예요?"

깜짝 놀란 지훈이는 말까지 더듬었어요. 그런 지훈이를 보며 마리 할머니가 한쪽 눈을 찡긋해 보이며 말씀하셨어요.

"내가 말했잖니. 두 다리만 있으면 된다고."

마리 할머니의 반응에 지훈이는 곧 안정을 찾았어요. 그러고는 멍한 표정으로 주변을 두리번거렸어요. 드넓은 해안가에는 금발 머리의 외국인들이 분주하게 돌아다니고 있었어요. 모두들 무언가를 기다리는 것처럼 들떠 보였지요.

"할머니, 여기는 어디예요?"

"태평양에 있는 섬이야. 그보다도 저기 보이는 저 섬에 집중하렴. 저 섬은 '비키니'라는 이름으로 불린단다. 미크로네시아의 마셜 제도에 있는 섬 중 하나지."

지훈이는 마리 할머니의 말을 듣고서야 이곳이 한국이 아니라는 걸 깨달았어요.

그때였어요. 누군가 외치기 시작했어요.

"자! 최초로 열리는 폭발 쇼를 가까이에서 구경할 수 있는 자리가 얼마 안 남았습니다. 어서 서두르세요!"

소리가 들리는 쪽으로 가보니 그곳에는 의자가 놓여 있었어요. 많은 사람들이 의자에 앉아서 기대에 찬 눈으로 바다 쪽을 바라보고 있었어요. 그리고 그 사람들 앞에서는 한 아저씨가 자리를 사라며 계속 소리치고 있었어요. 주변에서 서성거리던 사람들은 그 아저씨에게

돈을 주고는 의자에 앉았어요.

"1946년 7월 1일! 이 역사적인 순간에 함께하는 여러분을 모두 환영합니다! 자, 모두 조용히 쇼를 봐 주세요!"

아저씨의 외침에 지훈이는 순간 정신이 멍해졌어요.

"할머니, 지금 저 아저씨가 몇 년도라고 했어요?"

"응? 1946년이라고 했는데?"

마리 할머니는 대수롭지 않다는 듯이 대답했어요. 지훈이는 자신이 태어나기도 전인 1946년도에 와 있다는 것이 믿기지 않았어요. 입을 떡 하고 벌리고 있는 지훈이를 보더니 마리 할머니는 킥킥 웃으며 말했어요.

"안 될 게 뭐 있니? 우리는 시간 여행을 온 건데. 그보다도 저 사람들을 보렴. 지금 뭘 하는지 알겠니?"

마리 할머니는 여전히 멍한 지훈이를 보더니 어깨를 으쓱했어요. 그리고는 지훈이를 끌고 의자가 놓여 있는 곳으로 갔어요. 마리 할머니는 양산을 쓴 아주머니에게 물으셨어요.

"지금 뭘 하고 있는 건가요?"

"어머, 그것도 모르고 오신 건가요? 저기 저 섬 보이지요? 저 비키니 섬에 원자 폭탄을 터뜨릴 거예요. 세계에서 처음으로 하는 실험이에요. 저는 원자 폭탄이 떨어지는 어마어마한 풍경을 눈으로 직접 보게 되는 거지요! 여기에 앉아서 보기 위해 비싼 가격을 주고 표도 샀답니다. 여기가 폭발이 잘 보이는 좋은 자리라고 해서요."

양산을 쓴 아주머니는 그렇게 대답하고는 기대에 찬 눈으로 섬을 바라보았어요.

"지훈아, 이제 이곳이 어딘지 알겠지?"

"네, 대충은 알 것 같아요."

지훈이는 어떻게 70여 년 전, 그것도 태평양에 있는 작은 섬까지 올 수 있었는지 혼란스러웠지만, 이내 안심했어요. 마리 할머니와 함께 있으면 어떤 일도 이상하지 않았거든요.

"여기까지 왔으니 우리도 쇼를 봐야 하지 않겠니? 우리는 돈이 없으니 저쪽 끝으로 가자."

지훈이는 마리 할머니의 손에 이끌려 사람들과 조금 떨어진 곳에 자리를 잡았어요.

"아직은 놀랄 때가 아니야. 지금부터가 진짜지. 자, 이걸 쓰렴."

지훈이는 엉겁결에 마리 할머니가 건네주는 선글라스를 받아 썼어요. 그러자 하늘에서 요란한 소리가 들려왔어요. 지훈이가 고개를 드니 비행기 한 대가 비키니 섬 쪽으로 가고 있었지요. 잠시 뒤에 비행기에서 무언가가 떨어졌어요.

그리고 얼마 지나지 않아 엄청난 폭발 소리와 함께 빛이 주변을 뒤덮었어요. 다행히도 지훈이는 마리 할머니가 준 선글라스 덕분에 눈이 부시지 않았어요. 폭발하고 얼마 지나지 않아 어마어마한 구름이 만들어졌어요. 마치 거대한 버섯이 자라난 듯한 구름이었지요. 구경하던 사람들은 너나 할 것 없이 그 광경에 손뼉을 치면서 감탄사를 내뱉었어요. 지훈이 역시 엄청난 광경에 넋을 잃고 뭉게뭉게 피어오르는 버섯구름을 바라보았어요. 모두들 신기한 눈으로 폭발 쇼를 바라보는 가운데, 한 소년이 눈물을 흘리고 있었어요. 지훈이는 걱정스러운 목소리로 소년에게 물었어요.

"넌 왜 우니?"

"저 섬은 원래 우리 집이 있던 자리야. 하지만 실험을 해야 한다고 해서 쫓겨났어. 우리 집이 폭발되는 걸 눈으로 지켜볼 수밖에 없다는 게 너무 슬프고 분해."

소년은 폭발을 재미있다는 듯 구경하는 사람들을 원망스럽게 쳐다

보고는 훌쩍훌쩍 울면서 자리를 떠났어요. 그 모습을 보고 마리 할머니가 중얼거렸어요.

"비키니 섬에 살던 원주민이었나 보구나."

"할머니, 실험이 끝난 후에 저 아이는 비키니 섬으로 돌아갈 수 있었나요?"

마리 할머니는 고개를 절레절레 젓고는 대답했어요.

"비키니 섬에 살던 원주민들은 실험이 끝난 뒤 섬으로 돌아가긴 했어. 하지만 방사능 때문에 암에 걸리고 말았지. 결국 원주민들은 비키니 섬을 떠날 수밖에 없었고, 비키니 섬은 사람이 살 수 없는 섬이 되어 버리고 말았단다. 이날을 시작으로 1958년까지 무려 23번이나 핵 실험을 했으니까 말이야. 심지어 1954년에 했던 수소 폭탄 실험으로 섬 3개가 동시에 사라져 버렸지. 게다가 바닷속에는 지름 1킬로미터가 넘는 웅덩이가 생겼단다. 그곳에 살던 바다 생물들은 모두 죽거나 방사능의 영향을 받고 말았어. 무엇보다도 비키니 섬은 사람이 살 수 없을 정도로 강한 방사능이 그대로 남아 있단다."

"이게 방사능 때문에 일어난 일이라고요?"

지훈이는 깜짝 놀랐어요. 방사능 때문에 암에 걸린다거나 섬이 없

어진다는 걸 생각해 본 적이 없었기 때문이었어요. 마리 할머니는 계속해서 말했어요.

"사람들은 폭발 쇼라고 흥미로워하지만 그건 방사능의 무서움을 몰라서 하는 소리야. 지훈이 네가 방금 보았던 것은 핵폭탄 실험이었단다. 이때에는 핵폭발이 어떤 영향을 끼치는지 알 수 없었거든. 플루토늄이나 우라늄 같은 핵에너지를 군사적 목적에 활용한 것이 방금 보았던 원자 폭탄이야. 폭발의 세기를 조절해서 에너지로 사용하는 것이 원자력 발전이고."

지훈이의 심장이 빠르게 뛰었어요. 말로만 듣던 핵폭탄을 실제로 보게 되다니, 게다가 원자력 발전소가 실은 핵폭탄이랑 같은 핵에너지를 이용한 것이라니 두려워졌어요. 원자 폭탄에 대해 제대로 아는 건 없었어요. 하지만 제2차 세계 대전 때 일본에 떨어진 원자 폭탄의 무서움은 잘 알고 있었어요. 마리 할머니의 말대로라면 지훈이네 마을에 원자력 발전소를 만드는 것은 마을에 원자 폭탄을 두고 있는 것과 다름없는 거였어요.

그런 지훈이의 마음을 눈치챘는지 마리 할머니는 지훈이의 어깨를 다정하게 감싸며 말했어요.

"원자력 발전소는 안전하게 장치를 해서 건설하는 거란다. 발전소를 설치한다고 해서 너희 마을에 원자 폭탄이 터지는 건 아니니 걱정하지 말아라. 문제는 방사능인 거니까. 사람들은 방사능의 무서움을 알고부터 원자력 발전소를 만들 때 철저하게 건설하기 시작했단다. 방사성 폐기물이 밖으로 새어 나가지 않게 말이야. 사실 원자 폭탄을 실험하던 1946년에는 방사능의 문제점을 몰랐지. 여기서 폭발 쇼를 같이 보았던 사람들도 피해자야. 아무것도 모른 채 안전장치도 없이 피폭된 탓에 몸이 아프고 암에도 걸리는 등 고생을 했지."

"피폭이 뭔데요?"

"방사능에 노출되었다는 뜻이야. 원자 폭탄이 터지면서 나온 강한 방사능에 피해를 당한 것을 말하지."

마리 할머니의 말에 지훈이는 덜컥 겁이 났어요. 지금 이 사람들과 함께 폭발을 본 자신과 마리 할머니, 원주민 아이가 걱정되었어요.

"마리 할머니, 그럼 저랑 할머니도 피폭된 건가요?"

"걱정하지 말렴. 우리는 지금 시간 여행 중이라, 이 세계에서 일어나는 방사능은 우리에게 전혀 영향을 미치지 않으니까 말이야. 서로에게 영향을 미치지 못하니 우리가 이곳 사람들을 도와줄 방법도 없단다."

마리 할머니는 점점 모양이 흐트러지고 있는 버섯구름을 보며 안타까워했어요. 방사능 물질이 가득한 저 구름이 공중에 흩어지고 나면 방사능비가 내린다고 했어요.

"저런 곳에 쓰일 줄 생각도 못 했지."

조용히 말씀하시는 마리 할머니의 목소리가 왠지 모르게 쓸쓸하게 느껴졌어요. 지훈이는 고개를 갸우뚱하며 마리 할머니를 올려다보았어요. 그러자 마리 할머니는 이내 특유의 유쾌한 웃음을 지으며 말했었어요.

"자, 늦었다. 이제 그만 돌아가자꾸나."

마리 할머니는 지훈이를 데리고 처음 비키니 섬으로 왔던 해안가 구석에 있는 문으로 갔어요. 문 안으로 들어가자, 두 사람은 아무 일도 없었다는 듯 다시 창고로 돌아올 수 있었어요.

원자 폭탄이 터진 후에
비키니 섬은 어떻게 변했나요?

태평양 마셜 제도의 비키니 섬 주변에서 커다란 폭발 소리가 들렸어요. 바로 세계 최초로 원자 폭탄을 터뜨리는 핵 실험이었지요. 이날을 시작으로 1958년까지 무려 23번이나 핵 실험이 계속됐어요.

비키니 섬에 살던 원주민들은 살 곳을 잃었어요. 주변의 커다란 섬도 세 개나 사라졌지요. 하지만 이것이 다가 아니었어요. 생각지도 못한 이상한 일들이 자꾸 일어났어요.

🔵 길 잃은 바다거북

1958년, 비키니 섬에서의 핵 실험이 마지막으로 일어난 지도 50여 년이 지났어요. 섬은 다시 아름다웠던 예전 모습을 찾은 듯했어요.

그런데 이상한 일이 일어났어요. 알을 낳으러 비키니 섬 모래사장에 올라온 바다거북이 바다로 돌아가지 않고 정반대인 육지 쪽으로 가기 시작했어요. 비키니 섬의 육지 쪽은 뜨거운 사막이었어요. 결국 바다거북은 육지 쪽으로 기어가다가 말라 죽거나 갈매기한테 잡아먹혔지요.

원래대로라면 바다거북은 모래사장에서 알을 낳고 바다로 다시 돌아가야 했어요. 이를 이상하게 여긴 학자들이 바다거북을 조사했고, 무서운 사실을 알게 되었어요.

50여 년 전에 있었던 핵 실험 탓에 비키니 섬에는 여전히 강한 방사능이 남아 있었던 것이었어요. 그래서 비키니 섬 모래사장에 올라온 바다거북이 방사선에 노출되어 방향 감각을 잃어버리게 된 것이었지요. 바다거북은 어디로 가야 할지 모르고 육지로 가게 된 것이었어요. 결국 50여 년 전에 있었던 핵 실험이 비키니 섬에서 알을 낳던 바다거북들의 생명을 빼앗아가고 말았답니다.

🌑 전시된 일본 배

1954년 3월 1일, 미국은 핵 실험을 위해 아침 일찍부터 준비했어요. 오전 7시에는 비키니 섬에 '브라보'라는 이름의 원자 폭탄을 터뜨렸어요. '브라보'가 폭발하며 커다란 소리와 함께 거대한 버섯구름이 생겼어요.

그런데 같은 시각에 '브라보'가 떨어진 곳으로부터 160킬로미터 떨어진

바다 위에는 커다란 배 한 척이 떠 있었어요. 참치를 잡기 위해 일본에서 온 '제5후쿠류마루'라는 배였지요. 배에 타고 있던 일본인 선원 23명은 일찍 일어나 아침 식사를 하기 위해 준비 중이었어요. 그때 서쪽에서 번쩍하는 빛이 나타났어요.

"저게 무슨 빛이지? 갑자기 해가 뜬 건가?"

"해라면 반대쪽인 동쪽에서 떠야 하는 거 아니야?"

선원들은 고개를 갸우뚱하며 이상하다고 여겼지만 확인할 방법이 없었어요. 그런데 이상한 빛이 보인 지 10분도 지나지 않아서 배에 커다란 충격이 전해졌어요. 그리고 그로부터 한 시간 후, 하늘에서 까만 재가 내리기 시작했어요. 바로 비키니 섬에서 폭발한 원자 폭탄 재였어요. 강한 방사능을 띄고 있는 재였지요.

"뭔가 이상해! 빨리 빠져나가야겠어."

"재가 자꾸 코랑 입에 들어가서 숨쉬기가 어려워."

선원들은 뒤늦게서야 무언가 이상하다고 여기고 황급히 그곳을 벗어났어요. 하지만 배가 이동하는 다섯 시간 동안은 어쩔 수 없이 방사능 재를 맞을 수밖에 없었어요. 결국 배에 있던 선원들은 전부 피폭되고 말았어요.

　더욱 무서운 건 그 뒤의 일이었어요. 방사능 재를 맞은 일본인 선원 중 한 명은 6개월 뒤 목숨을 잃었고, 12명이나 되는 다른 선원들도 간암, 뇌출혈 등 병을 얻어 죽고 말았어요. 살아남은 사람들 역시 원인을 알 수 없는 병에 걸려 힘겹게 살아가야 했고요.

　현재 일본 도쿄의 유메노시마 공원에 있는 전시관에는 이때 선원들이 탔던 '제5후쿠류마루'가 전시되어 있어요. 이 배에 타고 있던 선원들은 비키니 섬과는 아무런 관계도 없었고 나라도 달랐어요. 핵 실험이 일어난 곳에서 160킬로미터 이상 떨어져 있었고요. 그런데 미국 정부에서 핵 실험에서 안전하다고 발표한 지역에서 고기를 잡다가 피폭을 당하고 만 것이었지요.

　사람들은 전시되어 있는 배를 보며 핵은 장점이 많지만 위험한 물질이라고 여기게 되었어요. 방사능으로 누구나 피해를 당할 수 있다는 사실 또한 잊지 않고 있답니다.

아무도 살 수 없는 땅

비키니 섬 여행을 마친 다음 날, 지훈이는 또다시 창고에 찾아갔어요. 그리고 원자력 발전소에 대해 마리 할머니와 이야기를 나누었어요.

"마리 할머니, 지금은 원자력 발전소가 안전한 거죠?"

"물론이지. 뜻밖의 사고가 일어나지 않게 관리만 잘한다면 말이야. 하지만 제대로 관리하지 못해서 사고가 난 적이 있단다."

마리 할머니는 어제처럼 신기한 돌을 문틈에 끼워 넣고는 말했어요.

"오늘은 1986년에 있었던 원자력 사고를 보러 갈 거야. 내 손 꽉 잡아라!"

마리 할머니는 지훈이의 손을 잡더니 창고 문을 벌컥 열었어요. 문 안으로 들어가자 그곳에 낯선 도시가 펼쳐져 있었어요. 아파트와 놀이터, 체육관 등 굉장히 잘 꾸며진 도시였어요. 멀리서는 노란 관람차가 천천히 돌아가고 있었고, 개와 함께 공원을 산책하는 아주머니도 보였어요. 지훈이는 주변을 둘러보며 말했어요.

"원자력 사고가 뭔지는 잘 모르겠지만 굉장히 평화로워 보이는 걸요?"

"그러게 말이다. 이상하네? 분명 제대로 연결되었을 텐데……."

"혹시 잘못 온 거 아니에요?"

"그럴 리가 없는데……. 지나가는 사람에게 물어보지, 뭐."

지훈이는 마리 할머니와 함께 좀 더 둘러보기로 했어요. 그때 놀이터 구석에서 우울한 표정으로 앉아 있는 소녀가 보였어요. 마리 할머니는 소녀에게 성큼성큼 다가가 물었어요.

"얘, 지금 여기가 어디니?"

소녀는 왜 당연한 걸 묻느냐는 표정으로 대답했어요.

"프리피야트잖아요. 우크라이나 북부에 있는 도시요."

"그런데 아까부터 왜 그렇게 슬픈 표정을 하고 있니?"

"아빠가 돌아오지 않고 계셔서요."

"아빠가 어디 가셨니?"

"우리 아빠는 저기 보이는 발전소에서 일하시는데, 아직도 돌아오지 않으셨어요."

소녀는 멀리에 있는 한 건물을 가리켰어요. 그리고 발전소라고 가리킨 곳을 걱정스러운 눈으로 쳐다보며 말했어요.

"원래대로라면 밤중에 일을 마치고 아침에 집에 와서 같이 아침 식사를 하는데……. 뭔가 이상해요. 소방관 아저씨들이나 군복 입은 아저씨들도 많이 보이고. 갑자기 짐을 싸서 떠나는 가족들도 있어요."

소녀의 말을 듣자 마리 할머니는 심각한 얼굴로 고개를 끄덕였어요. 그리고 지훈이에게 속삭였지요.

"제대로 온 것 같구나. 저 아이가 말하는 발전소가 체르노빌 원자력 발전소인 게 분명해."

마리 할머니는 소녀에게 다시 물었어요.

"오늘이 1986년 4월 26일이지?"

"네, 맞아요."

소녀의 대답을 듣고 마리 할머니의 표정이 어두워졌어요. 지훈이는 고개를 갸우뚱하며 물었어요.

"4월 26일이 무슨 날인데요?"

"원자력 발전소 사고가 일어난 날이야. 26일 새벽에 원자로가 폭발했거든."

지훈이는 주위를 돌아보았어요. 마리 할머니 말대로라면 폭발한지 한참이 지났기 때문에 이곳에 있는 사람들은 모두 도망쳐야 해요. 하지만 도시는 한가로워 보였어요. 소녀의 말대로 몇몇 군인들이 보이긴 했지만, 여전히 공원을 산책하는 사람도 있었고 아파트 베란다에 나와 빨래를 너는 아주머니도 있었지요.

"할머니, 정말로 폭발한 거 맞아요? 아무도 모르는 거 같은데요?"

"그럴 수밖에. 나라에서 주민들에겐 비밀로 하고선 문제없다고 발표했거든. 처음에는 방사능이 얼마나 위험한지 말해주지 않았으니까. 다른 나라에 들켜서 망신을 당할까 봐 걱정했거든. 하지만 이제 슬슬 대피하라는 명령이 떨어질 거야."

마리 할머니는 심각한 표정으로 주변을 둘러보더니 소녀에게 말했어요.

"얘야, 지금 이럴 때가 아니야. 어서 집에 가서 엄마와 함께 다른 도시로 떠나렴."

마리 할머니의 말에 소녀는 물론 지훈이도 영문을 모르겠다는 표정을 지었어요. 원자력 발전소가 폭발했다고는 하지만, 이곳은 불이 난 곳이나 건물이 무너진 곳도 없었거든요. 도시는 평화로워 보였고 아무런 문제가 없는 것 같았기 때문이지요.

"지훈아, 체르노빌 발전소로 가보자꾸나."

마리 할머니는 성큼성큼 앞장서서 걸어갔어요. 지훈이가 마리 할머니를 따라가려고 하자, 잠자코 있던 소녀가 지훈이의 손을 잡으며 말했어요.

"지금 발전소로 갈 거니?"

"응."

"혹시 그곳에서 우리·아빠를 보게 되거든 내가 기다리고 있다고 꼭 알려 줘! 붉은 콧수염을 기른 사람이 우리 아빠야. 붉은 콧수염을 가진 사람은 우리 아빠뿐이니까 쉽게 찾을 수 있을 거야. 꼭 부탁해!"

소녀의 간절한 부탁에 지훈이는 얼떨결에 고개를 끄덕였어요.

마리 할머니를 따라 도시를 조금 벗어나자, 드넓은 공터에 헬리콥터가 여러 대 보였어요. 목에 카메라를 멘 한 아저씨가 헬리콥터에 오르려 하고 있었어요. 마리 할머니는 급히 아저씨에게 물었어요.

"이보게, 지금 혹시 체르노빌 발전소로 가는 길인가?"

마리 할머니의 물음에 아저씨는 고개를 끄덕였어요.

"네, 체르노빌 발전소가 폭발했다고 해서 기사를 쓰기 위해 사진을 찍으러 가는 길이랍니다. 전 기자거든요."

"그러면 기자 양반, 우리도 함께 가도 될까?"

"아, 그건 좀……."

기자는 곤란하다는 표정을 지었어요. 하지만 마리 할머니는 지훈이의 손을 잡고는 무턱대고 헬리콥터에 올라탔어요.

"할머니, 이러시면 안 됩니다. 어서 내리세요!"

기자가 고개를 저으며 말하자, 지훈이는 내리려고 했어요. 하지만 마리 할머니는 막무가내였지요. 마리 할머니는 체르노빌 발전소가 있는 쪽을 손가락으로 가리키며 헬리콥터 조종사에게 어서 가라고 손짓했어요. 기자는 어쩔 수 없다는 듯 헬리콥터에 올랐어요. 헬리콥터는 요란한 소리를 내며 하늘을 날았어요. 체르노빌 발전소로 향하는 길 내내 기자는 툴툴거리며 말했어요.

"할머니, 원래 이렇게 함부로 타시면 안 돼요. 새벽에 체르노빌 발전소에서 사고가 났기 때문에 그 현장을 찍으러 가는 거예요. 지금 그곳은 생각했던 것보다 위험할지도 몰라요."

"기자 아저씨, 체르노빌 발전소에서 왜 사고가 난 거예요?"

지훈이가 묻자, 투덜거리던 기자가 대답했어요.

"어제 새벽에 안전 검사를 하던 중에 사고가 난 모양이야. 관리자가 조작이 서툴렀던 탓이지. 지금쯤 소방관들이 불을 끄고 있을 거야.

저기 봐라. 저기가 폭발한 곳이란다."

지훈이와 마리 할머니는 기자가 가리키는 대로 밖을 내다보았어
요. 하늘에서 본 체르노빌 발전소는 형체도 알아볼 수 없을 만큼 부
서져 있었어요.

"정말 처참한 광경이군."

기자는 혀를 쯧쯧 차며 카메라를 꺼내 사진을 찍었어요. 그런데 조
용히 사진을 찍던 기자가 고개를 갸우뚱하며 중얼거렸어요.

"아니, 왜 카메라가 말썽이람?"

"왜 그러세요, 기자 아저씨?"

"몇 장 찍지도 않았는데 카메라가 작동하지 않는구나."

기자는 무언가 이상하다는 듯한 표정을 지었어요. 하지만 더 이상 사
진을 찍을 수 없었기에 하는 수 없다는 듯 카메라를 가방에 넣었어요.

이윽고 헬리콥터는 폭발 현장에 도착했고, 지훈이와 마리 할머니
는 기자를 따라 내렸어요. 지훈이는 눈앞에 펼쳐진 광경에 할 말을
잃고 말았어요. 발전소의 지붕이 완전히 날아가 버렸고, 소방관들은
구조 작업이 한창이었어요. 그런데 무언가 이상했어요. 발전소의 불
은 꺼진 지 한참 된 듯했는데, 불을 끄러 왔던 소방관들이 쓰러진 채

구급차에 실려 가고 있었어요. 한쪽에는 계속해서 토하는 소방관도 있었어요.

"소방관들한테 무슨 일이 있나 본데?"

기자는 사진기를 꺼내 들었지만 이내 고장 났다는 걸 깨닫고 한숨을 푹 내쉬었어요. 지훈이는 바닥에 주저앉아 있는 한 소방관에게 다가가 걱정스럽게 물었어요.

"아저씨, 정신 차리세요. 무슨 일이 있었던 거예요?"

"모르겠구나. 몸 상태가 갑자기 안 좋아졌단다. 발전소 안에 들어가서 불을 끈 것밖에 없는데……. 하지만 나보다도 이곳에 있던 연구원들이 더 걱정이구나!"

지훈이는 문득 소녀의 간절했던 눈동자가 생각나서 물었어요.

"혹시 붉은 콧수염을 기른 아저씨 못 보셨어요? 이곳 연구원이라고 하던데……."

"방금 구급차로 옮겼단다. 상태가 많이 안 좋아 보이더구나."

소방관의 말을 듣고 지훈이는 서둘러 구급차를 찾아보았어요. 많은 사람이 바닥에 주저앉아 신음하며 구급차를 기다리고 있었어요. 그 순간 구급차 안으로 실려 가는 누군가가 보였어요. 지훈이는 구급

차로 다가가려다가 화상을 입은 것처럼 빨갛게 달아오른 환자의 손

등을 보고 얼어붙었어요. 그 사람은 손에 무언가를 꼭 쥐고 있었어요.

그러다가 손에 쥐고 있던 것을 바닥에 떨어뜨렸어요.

　구급차가 떠나자, 지훈이는 바닥에 떨어진 것을 집어 들었어요.

그것은 작은 사진이었어요.

　"아니, 이건……."

　사진 속에는 오늘 보았던 소녀와 소녀의 어머니인 듯한 여성, 그리

고 붉은 콧수염 아저씨가 밝게 웃고 있었어요.

보이지 않는 적

"지훈아! 어서 헬리콥터에 타렴."

마리 할머니가 사진을 보고 멍하니 서 있던 지훈이를 불렀어요. 마리 할머니는 기자의 손을 잡고 억지로 헬리콥터에 태우고 있었어요. 지훈이까지 헬리콥터에 타자, 마리 할머니는 창문을 치며 조종사에게 말했어요.

"어서 돌아갑시다! 어서 빨리 출발을 해요!"

기자는 영문을 모르겠다는 듯 물었어요.

"아니, 할머니! 도대체 왜 이러세요?"

"기자 양반, 자네는 이 상황을 보고도 모르겠나? 생각했던 것보다 사태가 훨씬 심각하다고. 이곳의 소식을 전하기 위해서라도 여기서 빨리 나가야 해. 소방관들에게도 구급차를 더 불러야 한다고 알려 줬네. 우리도 어서 나가자고."

헬리콥터는 발전소에서 점점 멀어졌어요. 지훈이는 슬픈 표정으로 발전소를 내려다보았어요.

"할머니, 저 아까 만났던 소녀 아버지를 본 것 같아요. 그런데 왜 피부가 변하고 구급차에 실려 가야만 했을까요?"

"방사능 때문이란다. 카메라가 고장 난 것도, 불을 끄러 갔던 소방관들이 쓰러진 것도 너무 많은 방사능에 노출된 탓이지. 연구원이라면 사고가 났을 때부터 그곳에 있었겠지. 어마어마한 방사능에 노출되었을 거야."

그러자 옆에 있던 기자가 영문을 모르겠다는 표정으로 물었어요.

"할머니, 그게 무슨 소립니까? 카메라가 고장 난 게 왜……."

"원자력 발전소가 지붕째 날아가지 않았나! 아마 그 폭발 때문에 8톤 정도 되는 방사능 연료가 하늘로 날아갔을 거야. 단순한 화재라고 생각했던 소방관들은 아무것도 모르고 불을 끄다가 지독한 방사능에 노출되어 쓰러진 거란 말이네. 방사능에 계속 노출되었다간 자네도 다른 소방관들처럼 쓰러지게 될 거야. 순식간에 몸의 면역력이 떨어져 결국은 죽고 말 거라네. 원자 폭탄과는 비교가 안 될 정도로 많은 양의 방사능이 공중에 퍼져 있을 거야. 그래서 저곳에 계속 있게 되면 엄청난 양의 방사능에 노출되는 거지. 사고가 난 후 저곳에 오래 있던 연구원들과 소방관들은 결국 목숨을 잃거나 후유증에 시달리게 될 거라네."

마리 할머니의 설명을 들은 기자는 깜짝 놀랐어요. 지훈이도 마찬가지로 얼굴이 하얗게 질려 물었어요.

"전에 말씀하셨던 피폭이랑 다름없는 건가요?"

마리 할머니는 지훈이에게만 들리도록 작은 소리로 말했어요.

"그래, 그러니 사람들을 한시라도 빨리 체르노빌 발전소에서 멀어지도록 해야 해. 안타깝게도 사고 당시 체르노빌 발전소에 있던 연구원이나 소방관들이 쓰러지고 나서야 나라에서는 주민들을 대피 시키기 시작했단다. 늦은 조치 때문에 구조를 하던 소방관이 31명이나 목숨을 잃고 말았지."

그 이야기를 듣고 나니 지훈이는 차마 소녀의 아버지에 대해서 더는 물을 수가 없었어요.

부랴부랴 프리피야트로 다시 돌아온 지훈이는 아까와는 달리 뭔가 이상하다고 느꼈어요. 도시에는 큰 버스들이 가득했고 사람들은 마치 피난을 가는 것 같았어요.

"할머니, 이게 어찌 된 일이에요? 다들 전쟁을 피해 도망가는 것 같아요."

그러자 마리 할머니는 혼잣말을 하듯 작은 목소리로 말했어요.

"그래, 전쟁이지. 방사능과의 전쟁. 이제 이곳은 아무도 살 수 없는 땅이 되어 버린 거야."

몇 시간 전까지만 해도 평화로웠던 프리피야트는 이제 사라졌어요. 사람들은 서둘러 버스에 올랐고 경찰과 군인들이 나서서 사람들을 대피시켰어요. 한 군인이 대피하는 사람들을 향해 외쳤어요.

"물건은 가져가선 안 됩니다! 이곳을 떠나 버스에서 내리면 나눠 주는 옷을 입으시고, 지금 입고 있는 옷은 태워 버리세요."

그러자 한 아이가 물었어요.

"군인 아저씨, 제가 아끼던 장난감도 가져가면 안 돼요?"

군인 아저씨는 미안하다는 표정으로 아이의 머리를 쓰다듬으며 말

했어요.

"아무것도 가져가면 안 된단다. 아무리 아끼던 장난감이나 좋아하던 옷이라도 말이야."

아이는 아쉬운 듯 금방이라도 울음을 터뜨릴 것 같았어요. 하지만 울고 있을 여유도 없었어요. 금세 엄마가 나타나 아이를 안고 버스에 올랐지요.

그 모습을 지켜보던 지훈이가 마리 할머니에게 물었어요.

"할머니, 어째서 아무것도 가져가면 안 돼요?"

"이곳에 있는 모든 것들이 이미 방사능에 다 오염됐기 때문이야. 방사능에 오염된 물건을 갖고 있으면 그 물건을 갖고 있는 사람도 방사능에 노출되거든."

마리 할머니 말에 따르면 원자력 발전소가 폭발하면서 프리피야트는 평소보다 400배 이상이나 방사능 수치가 높아졌다고 했어요.

사고가 난 지 2일 후인 4월 28일에는 체르노빌에서 1,600킬로미터나 떨어진 곳도 방사능에 노출되었다는 조사 결과가 나올 정도였대요. 체르노빌에서 폭발한 방사능은 구름을 통해 다른 지역으로 이동했고, 결국은 유럽의 방사능 수치가 높아지게 되었다고 했어요.

"체르노빌 원전 폭발 사고로 전 세계가 난리가 났었단다."

그리고 사고가 난 지 10일 뒤에는 적은 양이었지만 한국까지도 방사능 수치가 높아졌을 정도라고 했지요. 세계적으로 영향을 받은 최악의 방사능 유출 사건이었어요.

"방사능은 공기의 흐름을 따라서 움직인단다. 냄새도 없고, 어디든 조용히 퍼져서 목숨을 빼앗아 가지. 그게 바로 방사능의 무서운 점이야."

그때 낯익은 목소리가 들렸어요.

"군인 아저씨, 저는 지금 안 갈래요. 우리 아빠가 아직 안 오셨단 말이에요!"

"꼬마야, 지금은 그럴 때가 아니야. 한시라도 여길 빨리 떠나야 한다. 어서 버스에 타렴!"

자세히 보니, 실랑이를 벌이던 아이는 놀이터에서 봤던 소녀였어요. 소녀는 잔뜩 울상을 지었어요. 그러다가 지훈이를 발견하고 반가워하며 뛰어왔어요. 그러고는 양손으로 지훈이의 손을 꼭 잡고는 물었어요.

"원자력 발전소에 다녀온 거야? 혹시 우리 아빠 못 봤니?"

지훈이는 어떻게 대답을 해야 할지 몰랐어요. 애꿎은 호주머니 속에 넣어둔 사진만 꼬옥 움켜쥐었어요. 지훈이의 마음도 모른 채 소녀는 계속해서 재촉했어요.

"뭔가 할 말이 있는 표정인데? 우리 아빠를 만난 거니?"

"어, 그러니까…… 너희 엄마랑 먼저 가 있으라고 하셨어."

지훈이는 호주머니 속에 있는 사진을 더 세게 움켜쥐고는 거짓말을 둘러댔어요. 차마 구급차에 실려 갔다고는 말할 수 없었지요. 지훈이의 말을 듣고 소녀는 활짝 웃었어요. 뭔가 지훈이에게 더 물어보려고 했지만, 가까이 있던 군인이 어서 버스에 타라고 해서 더 이상 대화를 할 수 없었어요. 차라리 지훈이에게는 다행이었지요. 소녀는 한결 가벼워진 표정으로 버스에 올랐어요. 지훈이는 차마 소녀의 얼굴을 처다볼 수가 없었어요.

그 모습을 뒤에서 지켜보던 마리 할머니는 지훈이의 어깨를 살며시 감싸며 말했어요.

"어쩔 수 없었단다. 더 많은 사람이 피해를 입기 전에 누군가가 희생을 해야 했어. 어서 다시 창고로 돌아가자꾸나."

지훈이는 마리 할머니를 따라 처음 프리피야트와 연결되었던 문을 향해 걸었어요. 그러다가 잠시 뒤를 돌아보았어요. 그때 주민들을 버스로 안내하던 한 군인이 슬픈 표정으로 도시를 돌아보며 중얼거리는 소리를 들었어요.

"안전한 원자력이 있는 기술 도시를 꿈꿨었는데 어쩌다 이렇게 된 걸까……."

비어 가는 도시를 뒤로 한 채, 지훈이는 마리 할머니를 따라 창고 문으로 들어갔어요.

세계 각국에서 일어난 원자력 사고에는 어떤 것들이 있었나요?

전 세계적으로 수많은 원자력 사고가 일어났어요. 1999년에 일본 도카이 촌에서 일어난 4등급의 도카이 촌 방사능 누출 사고나, 2011년에 프랑스의 원자력 발전소 안의 원자로가 폭발했던 사고 등 크고 작은 일들이 계속 일어났지요. 지진과 같은 자연재해로 원자력 발전소가 파괴되어 사고가 일어난 경우도 있어요. 하지만 대부분은 사람들의 실수로 일어난 경우였어요. 그중에서도 특히 손에 꼽히는 원자력 사고는 다음과 같아요.

● 후쿠시마 원자력 발전소 사고

2011년 3월 11일, 일본 동북부 지방의 대지진과 쓰나미 때문에 후쿠시마 원자력 발전소가 부서지면서 일어난 사고예요. 가장 최근에 일어났던 사고로, 당시에 일본 정부에서는 큰일이 아니라고 여겨서 4~5등급으로 발표했었지요. 하지만 시간이 지날수록 방사능이 많이 퍼져 나갔고, 사고를 쉽게 정리할 수 없었어요. 결국 사고가 일어난 뒤 한 달이 지난 2011년

4월 12일에 최고 등급인 7등급으로 바꿨어요. 지금까지도 사고 처리 중에 있는 최악의 원자력 사고랍니다.

🌐 체르노빌 원자력 발전소 사고

1986년 4월 26일, 우크라이나에서 일어난 원자력 발전소 사고예요. 후쿠시마 원자력 발전소 사고와 더불어 7등급 사고로 꼽혀요. 발전소에서 원자로가 중단되었을 때를 대비해서 실험을 하다가 폭발이 일어나 천장이 파괴된 사건이에요.

이 사고로 엄청난 양의 방사능이 밖으로 새어 나갔어요. 순식간에 50여 명이 목숨을 잃었고, 20만 명 이상이 방사능에 피폭되었어요. 피폭된 사람들 중 2만 5,000명 이상이 사망했지요. 이 사고를 정리하기 위해 어마어마한 비용을 투자해야만 했어요. 그럼에도 불구하고 체르노빌 주변의 위험한 방사능 물질이 줄어들려면 앞으로 900년의 시간이 더 필요하다고 해요.

🌸 스리마일 섬 원자력 발전소 사고

1979년 3월 28일, 미국 펜실베이니아 주 스리마일 섬에서 일어난 원자력 발전소 사고예요. 이 사고는 스리마일 섬 원자력 발전소의 급수 시스템에 문제가 생겨서 발생했어요. 사고 당시, 관리자들은 사고 원인을 찾지 못해서 우왕좌왕했어요. 그 사이에 발전소의 중요한 부분이 녹아내리면서 문제가 더 커졌어요.

미국은 최악의 경우를 막기 위해 주변 지역 주민들에게 대피 명령을 내렸어요. 주민들은 잔뜩 겁에 질려 정신없이 도망쳤지요. 다행히 원자로가 파괴되거나 붕괴되지 않았고, 밖으로 새어 나간 방사능도 그리 많지 않아서 피폭 피해는 없었어요.

하지만 이 사건이 있은 뒤, 미국에서는 원자력 발전소에 대해서 안 좋은 시선으로 바라보는 사람들이 많이 생겼어요. 그리하여 카터 대통령은 미국에서 더 이상 원자력 발전소를 건설하지 않겠다고 선언까지 했지요. 5등급 판정을 받은 이 사고는 약 30여 년 동안 미국에 원자력 발전소를 짓지 못하게 하는 원인이 되었어요.

🌑 키시팀 사고

 1957년 9월 29일, 구소련의 마야크 핵연료 처리 공장에서 일어난 사고예요. 사고가 일어난 곳에서 가까운 도시인 키시팀 시의 이름을 따서 키시팀 사고라고 불려요.

 당시에 마야크 핵연료 처리 공장에는 70~80톤의 방사성 폐기물을 저장해 두고 있었어요. 그런데 갑자기 저장 창고에 이상이 생겨 온도가 너무 올라갔고 순식간에 폭발하고 말았어요. 이 폭발로 인해 방사성 폐기물을 저장하고 있던 지붕이 날아가 방사능이 바깥으로 새어 나가고 말았지요. 처음에는 이런 공장이 있다는 것 자체가 비밀이었기 때문에 사고가 났다는 사실을 숨겼어요. 그러다가 사고가 발생한 지 일주일이 지난 후에야 주변 지역의 주민들에게 대피 명령을 내렸어요. 아무런 이유도 모른 채 주민 1만여 명은 대피를 해야 했어요. 하지만 이미 그들은 방사능에 피폭되었고 200여 명이 사망했어요. 6등급 판정을 받은 사고로, 체르노빌 사고가 일어나기 전 최악의 사고로 기록되었던 사고랍니다.

방사능을 조심해!

창밖에는 매미 소리가 요란했어요. 지훈이는 창가에 앉아 있었어요. 마리 할머니와 함께 시간 여행을 하고 온 뒤부터 생긴 습관이었어요. 지훈이는 멍하니 하늘을 보고 있는 시간이 점점 많아졌어요. 단순히 여름방학이 끝나간다는 아쉬움 때문이 아니었어요.

'그 소녀는 어떻게 됐을까? 아빠를 만날 순 있었을까?'

시간이 지나면 지날수록 지훈이는 힘이 들었어요. 프리피야트에서 만났던 소녀의 얼굴이 잊혀지지 않았거든요. 또한 방사능으로 인해 많은 사람이 죽을 수도 있다는 사실에 놀랐어요. 방사능이라는 게 얼마나 무서운지 알 수 있었지요.

지훈이가 멍하니 있을 때 갑자기 엄마가 방으로 들어와 말을 걸었어요.

"지훈아, 방 청소 좀 하겠니?"

뒤를 돌아보니 엄마가 청소를 하려는 듯 청소기를 꺼내고 있었어요.

"엄마, 무슨 일 있어요?"

"전에 놀러 갔던 아빠 친구의 딸 유리 기억나지? 유리네 가족이 오늘 우리 집에 놀러 올 거야. 같이 저녁을 먹을 거란다."

엄마의 말에 지훈이는 입을 부루퉁하게 내밀었어요. 지난번에 유리와 다툰 채로 헤어졌기 때문이었지요. 사실 유리를 만나는 게 반갑지 않았어요. 하지만 이미 엄마는 손님을 맞이할 준비에 잔뜩 들뜬 듯 했어요. 지훈이는 엄마의 잔소리 때문에 억지로 청소를 할 수밖에 없었어요.

저녁이 되자, 유리네 가족이 놀러 왔어요. 아빠와 엄마는 유리네 가족을 반갑게 맞이했어요. 지훈이는 꾸벅 인사만 할 뿐 유리의 눈을 쳐다보지도 않았지요. 그건 유리도 마찬가지였어요.

저녁 식사를 마치고도 어른들은 식탁에 둘러앉아 계속 이야기를 나누었어요. 지훈이는 점점 따분해졌어요. 지훈이가 하품을 하자 엄마가 말했어요.

　　"너희들은 거실에 가서 텔레비전이라도 보고 있으렴."

　　지훈이와 유리는 소파에 앉아 텔레비전을 봤어요. 서로 말이 없었어요. 지훈이는 어색해서 애꿎은 텔레비전 채널만 돌려댔지요.

　　그때였어요. 낯익은 단어가 들렸어요.

　　"2011년, 일본 후쿠시마 지진으로 인해 원전이 파괴되어 방사능이 유출되었습니다."

　　평소 같으면 쳐다보지도 않았을 다큐멘터리 채널이었어요. 지훈이는 방사능이라는 단어가 나오자 자신도 모르게 멈칫했어요. 다큐멘터리에서는 몇 년 전 일어났던 후쿠시마의 지진으로 인해 많은 사람이 죽거나 다쳤다는 내용을 다루고 있었어요. 지진으로 인해 원자력 발전소가 무너져서 방사능이 유출되었다는 이야기도 있었지요. 방송에서는 후쿠시마 땅도 오염되었다고 했어요. 그래서 그 지역에서 나는 채소나 생선을 피하려는 사람이 늘고 있다고 했지요.

　　'그래. 방사능은 위험하니까 당연하지.'

지훈이는 고개를 끄덕거리다가 곁눈질로 유리를 쳐다봤어요. 유리도 눈을 동그랗게 뜨고 텔레비전을 보고 있었지요. 그때 유리가 중얼거렸어요.

"지진 때문에 저렇게 많은 사람이 죽고 다쳤다니, 어쩌면 좋아."

유리의 말도 틀린 건 없었지만 지훈이는 괜히 심통이나 큰 소리로 말했어요.

"그보다 원자력 발전소가 폭발한 게 훨씬 더 무섭지, 뭐."

그러자 유리가 지훈이를 노려보며 말했어요.

"넌 어떻게 그런 심한 말을 할 수 있니? 원자력 발전소가 폭발한 게 사람들이 다친 것보다 걱정된다는 거니?"

그런 생각을 한 적은 없었지만 유리가 쏘아붙이듯 말하자, 지훈이는 심통이 나서 쌀쌀맞게 대답했어요.

"그게 뭐? 원자력 발전소가 폭발한 게 얼마나 무서운지 아무것도 모르면서 아는 척하지 마!"

지훈이는 그렇게 말하고선 바로 후회했어요. 말을 너무 심하게 한 것 같았거든요. 하지만 이미 때는 늦었어요. 지훈이의 말을 들은 유리는 금방이라도 울 듯한 표정이었어요.

"넌 정말 못됐어!"

유리는 소리를 지르고는 집 밖으로 나가버렸어요. 그 소리를 들은 엄마가 밖으로 나가는 유리의 뒷모습을 보며 말했어요.

"도대체 무슨 일이니? 얼른 쫓아가서 화해하렴."

엄마의 말에 떠밀려 지훈이는 집 밖으로 나왔어요. 유리는 잔뜩 심통이 난 표정으로 길 한구석에 쪼그려 앉아 있었어요. 지훈이도 말이 조금 지나쳤다는 생각이 들었는지 머리를 긁적이며 유리에게 다가갔어요.

"저기……."

"따라오지 마! 혼자 있고 싶단 말이야!"

모처럼 사과하려는데 소리만 치는 유리가 지훈이는 야속하게 느껴졌어요.

"따라가는 거 아니거든!"

화가 난 지훈이도 덩달아 소리쳤어요. 그러자 유리의 눈에 눈물이 차올랐어요. 유리는 입을 씰룩거리다가 뒷동산으로 향했어요.

'어? 그쪽에는 마리 할머니 창고가 있는데!'

걱정이 된 지훈이가 유리를 따라갔어요. 어느새 유리는 마리 할머니의 창고 앞까지 걸어갔어요. 지훈이는 유리에게 다가가며 외쳤어요.

"잠깐만! 거긴 함부로 들어가면 안 돼!"

"네가 무슨 상관이야!"

유리는 소리를 빽 지르고는 말릴 새도 없이 문을 열고 들어가 버렸어요. 지훈이도 재빨리 창고 안으로 따라 들어갔지요. 그런데 놀라운 일이 일어났어요. 그곳은 마리 할머니의 창고가 아니었어요.

"아니, 이게 어떻게 된 거야?"

지훈이가 멍한 표정으로 중얼거렸어요. 지훈이의 눈앞에 펼쳐진 것은 어느 병원의 병실 안이었어요. 병실에는 아이들이 가득했어요. 머리카락이 하나도 없는 아이도 있었고, 온몸이 퉁퉁 부은 아이도 있었어요. 안대를 하고 있는 아이도 있었고요. 병실을 감도는 무거운 분위기에 지훈이는 잔뜩 긴장했어요. 그때 낯익은 목소리가 들렸어요.

"아니, 지훈아. 네가 여긴 웬일이니?"

뒤를 돌아보니 마리 할머니가 눈을 휘둥그레 뜨고 지훈이를 쳐다보고 있었어요.

"할머니!"

지훈이는 마리 할머니의 품에 와락 안겼어요. 낯선 곳에서 마리 할

머니를 만나자 더욱 반가웠어요. 마리 할머니는 지훈이를 안아 주며 말했어요.

"이제 막 시간 여행을 시작했단다."

아무래도 마리 할머니가 시간 여행을 떠나려는 순간에 유리가 문을 열어 버려서 모두 함께 이곳에 오게 된 모양이었어요. 그제야 지훈이의 머릿속에 유리가 떠올랐어요.

"맞다, 유리! 할머니, 빨리 유리를 찾아야 해요."

"유리? 그게 누구니?"

지훈이는 마리 할머니께 자초지종을 설명했어요.

"이런, 큰일 났구나. 문을 열고 들어갔는데 완전히 다른 곳이니 얼마나 깜짝 놀랐을까."

지훈이와 마리 할머니는 서둘러 병실 안을 살폈어요. 침대에 누워 있는 아이들에게 검은 머리의 소녀를 보지 못 했느냐고 물었지만, 모두들 고개만 저었어요. 다음 병실로 이동하면서 지훈이가 물었어요.

"할머니, 그런데 지금은 언제예요? 10년 전? 아니면 100년 전?"

"여긴 과거가 아니라 현재란다. 한국과 똑같은 시간이지. 체르노빌 원전 사고가 일어난 후 40여 년이 흐른 거야."

이번에는 시간 이동이 아닌 공간 이동만 했다고 했어요. 체르노빌 원전 사고가 있던 주변의 병원으로요.

"그런데 왜 혼자 여행을 떠나려고 하신 거예요."

지훈이가 서운하다는 듯 말하자, 마리 할머니가 곤란한 듯한 표정으로 대답하셨어요.

"너에게는 그다지 보여주고 싶은 광경이 아니라서 혼자 왔던 거란다. 하지만 이왕 왔으니 얘기해 주마. 아까 병실에 있던 아이들을 보았니?"

지훈이가 고개를 끄덕였어요. 그러자 마리 할머니는 그 아이들은 갑상선암이나 백혈병에 걸린 아이들이라고 했어요.

체르노빌 원전 사고가 일어난 이후, 유럽 대부분의 지역은 방사능 수치가 급격하게 높아졌어요. 특히 사고 지역 주변에 살던 2천여 명의 어린이들에게서 갑작스럽게 갑상선암이 발견되었어요. 방사능이 유전자를 변형시켜 몸 안에 병이 생겨나 버린 것이지요.

지훈이는 지난번 시간 여행으로 방사능의 무서움은 잘 알고 있었어요. 그런데 40여 년이나 지난 지금까지도 원전 사고로 인해 고통받는 사람들이 있는 걸 알고 깜짝 놀랐어요. 게다가 병원에 누워 있는 아이들의 대부분은 지훈이 또래였어요.

하지만 지금은 유리를 찾는 것이 우선이었어요. 지훈이는 다른 병실에 들어가 머리카락이 하나도 없는 한 아이에게 물었어요.

"혹시 나처럼 검은 머리의 여자아이 못 봤니?"

"아, 그 아이! 뭔가 겁에 질린 얼굴로 밖으로 나갔어."

그런데 갑자기 대답을 해 준 아이의 코에서 코피가 났어요. 지훈이는 너무 놀랐어요.

"면역력이 많이 떨어져서 가끔 이렇게 코피를 흘려. 방사능에 오염된 음식을 계속 먹었기 때문이래."

체르노빌 원전 사고가 일어난 뒤, 방사능은 공기의 흐름을 따라 땅속과 바다로 이동했어요. 그래서 방사능에 오염된 땅에서 자란 식물이나 오염된 바다에서 살던 물고기를 아이들이 먹게 되었어요. 이렇게 아이들은 방사능에 피폭되고 만 것이었어요.

지훈이는 후쿠시마에서 일어난 원전 사고가 생각났어요. 한편으로는 겁도 났지요.

그때였어요. 병원 밖에서 날카로운 비명이 들렸어요.

"꺅!"

"할머니, 유리 목소리예요!"

지훈이와 마리 할머니가 병원 밖으로 뛰어나가 보니 유리가 연못 가에 서서 울고 있었어요.

"유리야, 괜찮니?"

지훈이는 유리에게 다가가려다가 다투었던 것이 생각나서 멈칫했어요. 잔뜩 울상 짓고 있던 유리는 지훈이를 보고 안도했어요. 낯선 곳에서 친구를 만나게 되어 다행이라는 표정이었어요. 유리는 아까 다투었던 일은 다 잊은 것처럼 반가워하며 지훈이에게 다가왔어요.

"저것 좀 봐."

유리가 눈물을 닦으며 연못을 가리켰어요. 지훈이는 의아해하며 연못 쪽으로 시선을 돌리다가 소스라치게 놀랐어요.

"으악!"

유리가 가리킨 곳에는 개구리 한 마리가 있었어요. 하지만 다른 개구리들과는 달랐어요. 몸통은 분명 하나인데 머리가 세 개나 달려 있었던 거예요. 연잎 위에 앉아 있던 개구리는 연못으로 조용히 들어가 버렸어요. 지훈이는 마리 할머니에게 달려가 말했어요.

"할머니, 방금 보셨어요? 머리가 세 개 달린 개구리?"

106

"그래. 아무래도 방사능 때문에 기형 동물이 태어난 모양이구나."

개구리뿐만이 아니었어요. 연못 옆 화단에 피어있는 꽃의 모양도
왠지 모르게 이상했어요. 꽃 한가운데를 뚫고 꽃대가 다시 올라온
식물도 보였어요.

마리 할머니는 그 이상한 식물을
보더니 한숨을 푹 내쉬고는
말했어요.

"방사능 사고가 일어난
탓에 방사능에 노출된 식물

이나 동물의 유전자가 변형되어 이렇게 되어 버리고 말았구나. 귀가 하나인 토끼가 태어나거나, 보통 크기보다 훨씬 커다란 양배추가 자라나기도 했지. 물론 아까 병원에서 봤던 아이들도 마찬가지고. 모든 게 방사능 유출 사고 때문이라고 확신할 수는 없어. 하지만 원전 사고가 일어난 후, 기형으로 태어난 동식물이 늘어났단다. 바로 이 모습이 지금 지구 반대편에서 일어나고 있는 일이야."

그러자 유리가 떨리는 목소리로 물었어요.

"시간이 지날수록 문제가 더 나타난다는 말인가요?"

유리의 질문을 듣고 지훈이는 덜컥 겁이 났어요. 오늘 텔레비전에서 보았던 후쿠시마 원자력 발전소 사고가 생각났기 때문이지요. 훗날 어른이 된 세상이 더 끔찍해지는 건 아닌지 걱정이 된 지훈이가 물었어요.

"할머니, 그러면 후쿠시마 원전 사고가 일어난 지금은요?"

마리 할머니는 아무 대답도 하지 않고 쓴웃음만 지었어요. 그러고는 지훈이와 유리의 손을 잡고는 말씀하셨어요.

"그만 돌아가자꾸나."

지훈이와 유리는 무사히 창고로 돌아올 수 있었어요. 하지만 유리는 충격을 받았는지 아무 말이 없었어요. 공간 이동을 했다는 사실 때문이었는지, 체르노빌 원전 사고로 병을 얻은 아이들을 본 충격 때문이었는지는 알 수 없었어요. 유리는 끝까지 아무 말도 하지 않은 채로 집으로 돌아가 버리고 말았어요.

마리 할머니의 정체

　다음 날, 지훈이는 방 안 책장 앞에서 서성이고 있었어요. 위인전을 읽고 독후감 숙제를 하기 위해서였지요. 하지만 좀처럼 위인전을 고를 수 없었어요. 코피를 흘리던 아이의 얼굴도 떠올랐고, 유리에게 제대로 사과하지 못 했던 것도 마음에 걸렸어요.

　지훈이는 책장 가장 높은 곳을 멍하니 쳐다보았어요. 그때 책등에 그려진 낯익은 얼굴이 보였어요. 지훈이는 고개를 갸우뚱하며 책을 꺼내기 위해 의자 위로 올라갔어요. 하지만 책을 꺼내기도 전에 발을 헛디뎌 떨어지고 말았어요.

"으악! 내 팔!"

넘어지면서 왼팔로 바닥을 잘못 짚었는지, 팔 전체가 온통 저릿저릿했지요.

"지훈아, 무슨 일이니?"

지훈이의 비명을 들은 엄마가 방으로 급히 달려왔어요. 결국 지훈이는 엄마의 부축을 받으며 병원에 갔어요. 의사 선생님은 지훈이의 왼팔을 살짝 만져 보고 이곳저곳을 살펴보더니 말했어요.

"겉으로 큰 문제는 없어 보이지만 혹시 모르니 엑스선 촬영을 해 보겠습니다."

"의사 선생님, 엑스선 촬영이 뭐예요?"

"방사선의 한 종류인 엑스선을 이용해 몸 안의 뼈를 찍는 거란다."

의사 선생님의 말을 듣고 지훈이는 겁이 났어요. 의사 선생님은 방사능이 얼마나 위험한지 모르는 것 같았어요. 병을 고치는 병원에서 도리어 방사선 중 하나인 엑스선을 쏘이다니 말이에요.

"선생님, 방사능이 얼마나 위험한지 모르시는 것 같아요. 저는 엑스선 촬영을 하기 싫어요."

그러자 의사 선생님이 껄껄 웃으며 말했어요.

"걱정하지 말아라. 엑스선에 방사능이 포함되어 있긴 해도 아주 적은 양이라 몸에 큰 영향을 끼치진 않는단다. 보이지 않는 뼈를 볼 수 있게 해 주는 고마운 방사선이지."

"엑스선도 방사능인데 정말로 안전한가요?"

"물론 아주 많은 양의 엑스선을 쏘이면 좋진 않지. 하지만 여기서 말하는 몸에 안 좋은 영향을 끼칠 정도의 양이란, 하루도 빼지 않고 엑스선 촬영을 몇 시간씩 했을 경우를 말한단다."

"방사능이 좋은 일을 하기도 하나 보네요. 유전자를 변형시켜서 기형아를 태어나게 만드는 나쁜 것인 줄 알았는데요."

지훈이의 말에 의사 선생님은 기특하다는 듯 머리를 쓰다듬어 주었어요.

"그런 것까지 알고 있구나. 대단한데?"

의사 선생님은 방사능은 분명 사람의 목숨까지도 빼앗을 수 있는 것이라고 했어요. 하지만 잘 개발하면 몸이 아픈 사람들에게 도움을 준다고 했지요. 유전자를 변형시키는 방사능의 성질을 이용해 암 세포를 죽여 사람을 살린다고도 했어요. 방사능을 어떻게 쓰느냐에 따라 결과가 완전히 달라질 수 있다는 것이었지요.

지훈이는 의사 선생님의 말씀에 안심을 하고 엑스선 촬영을 했어요. 잠시 후, 의사 선생님은 지훈이에게 엑스선 촬영한 사진을 보여주며 말했어요.

"다행히 부러지거나 금 간 곳은 없구나. 근육이 놀라서 아팠던 거야. 처방해 주는 연고를 꾸준히 발라 주면 금방 나을 거란다."

엄마와 함께 병원을 나서며 지훈이는 일상생활에 도움이 되는 방사능도 있다는 사실에 놀라워했어요. 옆에 계시던 엄마가 안도의 한숨을 쉬시며 말했어요.

"정말 이만하길 다행이지. 조심하도록 해. 도대체 뭘 꺼내려다 넘어진 거니?"

"엄마, 죄송해요. 책을 꺼내려다 넘어졌어요. 앞으로는 조심할게요."

"그래, 앞으로 조심하렴. 오늘 저녁 메뉴로 카레를 먹는 게 어떨까? 장 보고 들어가자."

지훈이는 엄마와 함께 슈퍼마켓으로 들어갔어요. 그리고는 장바구니에 감자를 담고 카레를 찾기 위해 진열된 물건들을 살피기 시작했어요. 그때 물건 포장지에 초록색 표시를 발견했어요.

"엄마, 이건 무슨 표시예요?"

"어디 보자. 조사 처리 식품을 가리키는 표시인가 보구나."

"조사 처리 식품이요? 그게 뭐예요?"

"방사선 처리를 한 식품을 말하는 거야."

"네? 방사선 처리를 한 식품이라고요?"

지훈이는 깜짝 놀랐어요. 분명 마리 할머니는 방사선에 오염된 음식을 먹게 되면 피폭당한다고 알려 주었어요. 그런데 그런 음식을 팔다니 이해가 되지 않았어요. 그러자 엄마는 지훈이의 오해를 풀어주려는 듯 차근차근 설명해 주었어요.

"조사 처리 식품은 방사선에 오염된 게 아니라 방사선을 이용해서 살균한 식품을 말하는 거란다. 아주 약한 방사선인 감마선을 식품에 쏘이면 박테리아나 해충을 없애고 싹이 나거나 썩는 것을 막을 수 있

단다. 덕분에 식품을 오랫동안 보관할 수 있게 되지. 그래서 감자나 양파도 오랫동안 저장해 두고 먹을 수 있는 거란다.”

엄마는 한국 최초 우주인이었던 이소연이 우주에서 김치를 먹을 수 있었던 것도 김치를 방사선 처리를 해서 살균한 덕분이라고 했어요. 우주 식품은 특별한 살균 처리가 필요하기 때문에 방사선을 이용한 거라고 했지요. 그래도 지훈이는 미심쩍었어요.

“엄마, 정말로 안전한 거 맞아요?”

“이상이 없다고는 하는데, 아무래도 불안해하는 사람들이 많기 때문에 이렇게 표시를 하는 거야.”

지훈이는 다시 한 번 조사 처리 식품 표시를 쳐다보았어요.

집으로 돌아와 저녁을 먹은 후, 지훈이는 의자에 앉아 방사능에 대해 생각했어요. 내일 창고에 가면 좋은 일을 하는 방사능에는 어떤 것들이 더 있는지 마리 할머니에게 물어봐야겠다는 생각을 했지요. 그러다가 무심코 책장을 올려다보았어요. 아까 꺼내려 했던 위인전이 떠올랐어요.

‘뭔가 굉장히 낯익어서 꺼내 보려고 했었던 건데……. 뭐였더라?’

지훈이는 책을 다시 꺼내기 위해 의자 위에 올라갔어요.

그때 전화벨이 요란스럽게 울렸어요. 지훈이는 책을 재빨리 꺼내서 손에 들고 거실로 가서 전화를 받았어요.

"여보세요?"

"안녕하세요? 지훈이네 집인가요?"

수화기 너머로 익숙한 목소리가 들려왔어요. 유리였어요. 생각지도 못한 갑작스러운 전화에 지훈이는 아무 말도 할 수가 없었어요. 수화기 너머에서 유리의 목소리가 재차 들려왔어요.

"여보세요? 거기 지훈이네 집 아닌가요? 전 유리라고 하는데요."

"어, 나야. 지훈이."

그러자 수화기 너머에서 대뜸 유리가 물었어요.

"지훈아, 그때 만났던 할머니는 누구야? 우리를 이상한 곳으로 데려갔던 할머니 말이야!"

유리의 질문에 지훈이는 어안이 벙벙했어요. 뭐라고 대답해야 좋을지 몰라서 버벅거렸지요.

"어? 그냥 우리 동네에 사는 할머닌데……. 왜?"

"그 할머니, 어딘가 낯익다고 생각해 본 적 없어?"

"응? 글쎄. 잘 모르겠는데……."

"그 할머니 말이야……."

그리고 뒤이어 들린 유리의 말에 지훈이는 놀라서 전화를 떨어뜨릴 뻔했어요. 지훈이는 덜덜 떨리는 손으로 들고 있던 위인전의 표지를 보았어요. 위인전에 그려진 얼굴은 창고에 사는 마리 할머니였어요.

원자력 사고 레벨이란 무엇인가요?

세계 곳곳에는 수많은 원자력 발전소가 있어요. 원자력 발전소에서는 많은 양의 방사성 물질을 다루고 있기 때문에 안전을 매우 중요하게 생각하지요. 하지만 아무리 열심히 대비해도 예상하지 못한 사고가 일어나기도 한답니다.

국제원자력기구(IAEA)는 원자력 사고가 일어날 것을 대비해서 사람들이 쉽게 이해할 수 있도록 원자력 사고의 상황과 심각성에 따라 원자력의 사고 등급을 7단계로 나누었어요. 0등급부터 7등급까지 총 8개의 등급으로 나누고 있지요. 숫자가 커질수록 큰 사고를 나타내는 거예요.

0등급 : 아무 일 없는 평상시를 말해요.

1등급 : 원자력 발전소에 평소와 다른 사건이 터졌지만 아직은 큰 문제가 안 되는 정도예요.

2등급 : 뭔가 문제가 생겼어요. 방사능 물질에 의한 오염 등이 발생했지만 안전에 심각한 영향을 끼치는 수준은 아니에요.

3등급 : 중대한 이상이 발생한 상황이에요. 한 명 이상이 방사능에 피폭 당한 경우를 말해요.

4등급 : 원자력 발전소 시설 안에 무엇인가 문제가 생긴 거예요. 한 명 이상이 방사능 피폭으로 사망하게 된 사고를 말해요. 약간의 방사능이 주변 지역으로 새어 나갔으며 4등급부터는 주변 지역에 대해 경고가 내려져요.

5등급 : 원자력 발전소 시설 바깥에도 위험이 예상되는 것을 말해요. 원자력 발전소 안쪽이 부서진 상황이에요. 원자로가 녹아 버리는 경우도 있지요. 방사능이 바깥으로 새어 나가서 원자력 발전소와 그 주변 지역은 피난을 가야 하는 상황이에요.

6등급 : 6등급까지 오면 심각한 사고라는 뜻이에요. 상당히 많은 양의 방사성 물질이 바깥으로 새어 나간 사고예요. 사고가 일어난 곳으로부터 신속하게 대피하지 않으면 목숨까지 위험해져요.

7등급 : 매우 심각한 대형 사고예요. 아주 넓은 지역에 방사성 물질이 새어 나가서 엄청난 재앙이 일어난 거예요. 새어 나간 방사능이 우리들의 건강을 해치고 환경 재앙도 일으켜요. 절대로 일

어나면 안 되는 사고예요.

이와 같이 국제 원자력 기구가 구분한 것은 7등급까지랍니다. 8등급은 아직 존재하지 않아요. 하지만 '아주 큰 원자력 사고가 발생하여 세계 모든 나라에서 사고가 난 곳을 정리하는 걸 도와줘야 하고, 그 후로도 감시가 필요한 경우'를 8등급으로 정해야 한다는 주장이 있어요.

지금까지 8등급과 같은 사고는 딱 한 번 일어났어요. 바로 후쿠시마 원자력 발전소 사고예요. 다시는 일어나서는 안 되는 무서운 사고랍니다.

잘 가요, 할머니!

창고 앞에서 지훈이는 머뭇거리며 서 있었어요. 평소와 달리 옆에는 유리도 함께였지요. 유리는 마리 할머니가 퀴리 부인이라는 사실을 확인하기 위해 일부러 지훈이네 집까지 왔어요. 유리네 부모님이 원전 반대 운동을 돕기 위해서 지훈이네 동네에 오실 일이 있어서 따라올 수 있었어요.

유리는 지훈이가 들고 있는 위인전을 가리키며 말했지요.

"처음 봤을 때부터 어디선가 본 듯한 얼굴이었어. 시간 여행도 그렇고 외국인이 우리말을 잘한다는 것도 이상하다는 생각이 들었거든. 게다가 방사능에 대해서 너무 잘 알고 있다고 생각해서 이상하다고 생각했는데, 설마 퀴리 부인일 줄은……."

유리로부터 마리 할머니가 퀴리 부인이라는 이야기를 들은 그날 밤, 지훈이는 밤을 새워서 《퀴리 부인》 위인전을 읽고 또 읽었어요. 책을 읽으면 읽을수록 마리 할머니가 퀴리 부인일 거라는 생각이 머릿속을 떠나지 않았어요.

'그러고 보니 이상한 점이 한두 개가 아니었어. 아무도 살지 않던 창고에서 지낸 것도 그렇고, 방사능에 대해 그렇게 잘 알고 있는 것도 그렇고.'

마리 할머니도 퀴리 부인처럼 폴란드에서 태어났다고 했어요. 퀴리 부인의 이름이 마리 퀴리이기도 했고요. 이런 생각들이 자꾸 떠오르자 지훈이는 유리의 말대로 마리 할머니가 퀴리 부인일 거라는 확신이 들었어요. 하지만 막상 마리 할머니에게 퀴리 부인이 맞는지를 확인하려고 하니 왠지 모르게 망설여졌어요. 퀴리 부인이었다는 걸 숨겨 온 마리 할머니가 야속하게 느껴지기까지 했지요.

지훈이가 한참을 문밖에서 서성거리고만 있자, 유리가 심호흡을 하고는 문을 열었어요.

"마리 할머니, 계세요? 전 지훈이 친구 유리라고 하는데요."

창고 안의 마리 할머니는 누가 들어온 지도 모른 채 바빴어요. 마리 할머니는 커다란 가방에 연구실에서 쓰던 병이며 노트 등을 챙겨 넣고 있었어요. 그 모습에 지훈이는 마리 할머니가 어디론가 떠나 버리는 건 아닌지 걱정스러웠어요. 유리는 대답이 없는 마리 할머니에게 다시 큰 소리로 외쳤어요.

"할머니, 저는 유리라고 하는데요. 지훈이랑……."

"어, 그래. 너희들 왔니? 마침 잘 왔다! 알려 주고 싶은 소식이 있어. 거기 앉아서 잠깐만 기다리렴. 곧 끝나니까 말이야."

마리 할머니는 여행용 가방을 가득 채우고서는 실험실 한구석에 앉아서 현미경으로 돌덩어리를 열심히 살피기 시작했어요. 지훈이는 불안한 마음에 조그맣게 마리 할머니를 불러 보았어요.

"마리 할머니."

하지만 지훈이의 목소리가 너무 작았던 탓인지 마리 할머니는 실험에 정신을 빼앗겨 돌아볼 생각을 안 했어요. 지훈이는 괜히 심통이 나서 큰 목소리로 외쳤어요.

"퀴리 부인!"

지훈이의 목소리가 컸기 때문인지 아니면 호칭 때문인지, 마리 할머니는 현미경에서 눈을 떼고 지훈이를 쳐다봤어요. 지훈이는 그런 마리 할머니에게 다가가 위인전을 내밀며 물었어요.

"퀴리 부인. 이 사람 할머니 맞죠?"

지훈이와 유리는 마리 할머니가 뭐라고 변명할지 숨을 죽이고 대답을 기다렸어요. 마리 할머니는 지훈이가 내민 위인전을 받아 들고 주저앉아 읽기 시작했어요. 지훈이와 유리도 마리 할머니 앞에 가만히 쭈그려 앉아 잠자코 기다렸지요. 한참 후 마리 할머니는 위인전을 모두 읽고는 말씀하셨어요.

"세상에, 이게 나니? 완전히 멋진걸? 꼭 스타 같잖아?"

마리 할머니는 신 난다는 듯 위인전을 펼쳐 보이며 들뜬 목소리로 말했어요. 게다가 위인전 안에 그려진 그림에 대해서는 불만스러워하기까지 했어요.

"얘들아. 이 그림보다는 실물이 더 낫지 않니?"

지훈이와 유리는 할 말을 잃고 말았어요. 생각했던 마리 할머니의 반응은 이런 게 아니었어요. 자신의 정체를 들킨 것에 당황하고 이제껏 사실을 숨겨왔던 걸 미안하다고 할 줄 알았어요. 유리는 당황한 표정으로 마리 할머니에게 물었어요.

"마리 할머니, 할머니가 퀴리 부인 맞죠?"

"뭐, 그렇게도 불렸지."

"노벨 화학상도 받았고요."

"그런 것도 받긴 했었고."

태연하게 대답하는 마리 할머니의 반응에 지훈이는 목소리를 높여 물었어요.

"그런데 대체 왜 지금까지 숨기신 거예요!"

마리 할머니는 의아한 표정으로 대답했어요.

"응? 난 네가 알고 있는 줄 알았지."

마리 할머니의 대답에 지훈이와 유리는 웃을 수밖에 없었어요.

그때부터 지훈이와 유리는 마리 할머니가 이곳에 오게 된 이야기를 들을 수 있었어요.

마리 할머니가 평소처럼 실험실에서 방사능에 대해 연구를 하고 있었는데, 갑자기 연구 중이던 돌멩이에서 빛이 나면서 이곳으로 오게 되었다는 것이었어요. 그런데 마리 할머니가 활동할 수 있는 공간은 창고 안뿐이었다고 했어요. 무슨 이유에서인지 창고 밖으로는 나

갈 수가 없었대요. 할머니는 처음에는 당황했지만, 이내 적응했다고
했어요. 그러고 보니 시간 여행 때를 제외하고는 마리 할머니가 창고
밖으로 나온 것을 본 적이 없었어요.

마리 할머니는 시간 여행을 도와주는 돌
멩이를 손에 들더니 지훈이와 유리
에게 속삭였어요.

"이건 그냥 돌멩이가 아니야.
내가 맨 처음에 라듐을 발견했
던 원석이란다."

마리 할머니는 한
동안 창고에서 연구
를 하며 시간을 보냈
다고 했어요. 그러
다가 원석을

이용해 시간 여행을 하는 방법을 찾게 되었다고 했어요. 마리 할머니는 원래 살던 세계로 돌아가기 위해서 지훈이를 만나기 전에도 여러 번 시간 여행을 했었대요. 그 덕분에 자신이 발견한 방사선이 어떤 과정을 거쳐 어떤 역할을 하고 있는지도 알게 되었다고 했어요.

지훈이는 마리 할머니 손에 들린 원석을 보며 물었어요.

"저 라듐이 뭔지 알아요. 어제 할머니의 위인전을 읽어서 알고 있어요. 방사능 물질 맞지요?"

"그래. 어두운 곳에서 푸른빛을 내뿜기 때문에 '빛'을 의미하는 '라듐'이라고 이름 붙였단다."

"그런데 라듐은 방사능을 내뿜는데 이렇게 가지고 다녀도 되나요?"

"물론 안 되지. 하지만 너희들에겐 아무런 영향이 없단다. 전에도 말했지? 시간이 다른 곳의 물질은 서로 아무런 영향을 끼치지 않는다고 말이야. 내가 가져온 이 라듐 덩어리가 있던 시간과 너희들이 사는 시간이 다르기 때문이지."

"그러면 할머니는요? 저 원석이랑 할머니는 같은 시간에서 왔잖아요."

유리가 걱정스레 묻자 마리 할머니는 어깨를 으쓱해 보이며 대답했어요.

"뭐, 나도 당시에는 라듐에 대해 잘 몰랐으니까 말이야."

마리 할머니는 벌떡 일어서서 원석을 들고는 문 앞에 섰어요. 그리고 장난스러운 표정을 지으며 말씀하셨어요.

"라듐의 위험성에 대해 아무것도 모르던 그 시대에 가 보겠니?"

"물론이에요!"

마리 할머니는 씩 웃고는 문틈에 원석을 끼워 넣었어요.

"1950년대로 갈 거야. 라듐이 든 상품이 선풍적인 인기를 끌던 시기가 있었거든."

마리 할머니는 여행용 가방을 들고 다른 손으론 지훈이의 손을 잡았으며 말했어요.

"뭘 하고 있니? 지훈이 너도 어서 유리의 손을 잡으렴."

지훈이가 쭈뼛쭈뼛하자 잠자코 있던 유리가 지훈이의 손을 잡았어요. 그 모습을 보고서 마리 할머니는 빙그레 웃었어요. 세 명이 나란히 손을 잡자 마리 할머니는 문을 열었어요.

창고 문을 열자마자 보인 것은 거리 한쪽에 모여 있는 사람들이었어요. 세 사람은 무슨 일인가 싶어 사람들이 모여 있는 곳으로 갔어요. 그곳에는 갈색 모자를 쓴 아저씨가 여러 가지 물건들을 보여 주며 설명하고 있었어요.

"푸른빛을 내는 신비로운 원소! 새로 발견된 아름다운 원소! 라듐이 든 만병통치약입니다!"

아저씨는 라듐이 든 초콜릿, 라듐이 든 화장품 등을 꺼내 보이며 신이 나서 설명을 했지요. 아저씨를 둘러싼 아주머니들이 소곤거리는 소리가 들렸어요.

"라듐에서 나오는 푸른빛을 쬐면 건강해진다지 뭐예요."

"얼마 전에 라듐이 든 화장품을 샀어요. 피부도 탱탱해진다고 하더라고요!"

"그런 게 나왔어요? 얼른 찾아봐야겠네!"

아주머니들은 삼삼오오 모여 수다를 떨면서 라듐의 효과에 대해 입이 마르도록 칭찬했어요. 아주머니들의 칭찬에 아저씨는 기분이 좋았는지 작은 생수병을 꺼내며 말했어요.

"이것으로 말할 것 같으면 '라디톨'이라는 생수입니다. 라듐이 들어간 생수이지요! 이걸 마시면 건강해진답니다!"

그러자 구경하던 사람들이 비싼 값에도 상관없다는 듯 라듐이 들어간 물건들을 사기 시작했어요. 그 광경을 보고 지훈이는 깜짝 놀라 눈을 커다랗게 뜨고 물었어요.

"할머니, 라듐이 방사능을 내뿜는다고 하지 않았어요? 그런데 여기 사람들은 라듐을 만병통치약이라고 믿고 있는 거예요?"

마리 할머니는 한숨을 내쉬었어요. 라듐은 방사능을 내뿜어서 몸에 해로운 물질이에요. 하지만 발견된 지 얼마 되지 않아서 사람들은 라듐이 어떤 영향을 끼치는지 알지 못했어요. 도리어 새로운 원소인 라듐이 건강에 좋다는 소문이 돌기 시작하면서 많은 사람이 라듐을 먹거나 바르는 등 일상생활에 이용하기 시작했어요.

하지만 시간이 지나면서 라듐으로 인한 사람들의 피해가 하나둘 늘어나기 시작했어요. 그중에서도 장사꾼 아저씨가 꺼내 자랑하던 '라디돌' 생수는 사람의 몸에 치명적이었어요. 라디돌을 하루에 석 잔씩 마신 어느 부자는 결국 암에 걸려 죽고 말았지요.

라듐이 몸에 해롭다는 걸 처음 알게 된 것은 시계 공장에서 일하던 소녀들 때문이었어요. 당시에는 시계의 야광 물질로 라듐이 쓰이고 있었어요. 라듐을 바른 붓을 핥아서 가늘게 만들어 시계 문자판의 점이나 선을 그리곤 했지요. 공장에서 일하던 소녀들은 많은 라듐을 먹게 될 수밖에 없었어요. 얼마 지나지 않아 소녀들이 차례로 암에 걸리는 사건이 일어났어요. 그 소녀들로 인해 라듐의 위험성이 세상에 알려지게 되었어요. 그 뒤로 라듐을 일상생활에 함부로 쓰는 일은 없어지게 되었답니다.

유리는 슬픈 얼굴로 중얼거렸어요.

"잘 모르면 이렇게 무서운 일이 벌어지는군요."

"그래, 내가 라듐이 위험하다는 걸 빨리 알아냈었더라면 좋았을 텐데 말이다."

마리 할머니는 안타까워했지만 이미 과거의 일이라 바꿀 수는 없었어요. 지훈이와 유리는 라듐이 든 상품들이 가득한 마을을 벗어나 이곳으로 처음 도착했던 골목길로 접어들었어요. 그리고 창고와 연결된 문을 열고 들어가려고 했어요.

그때 갑자기 마리 할머니가 걸음을 멈췄어요. 유리가 의아한 표정으로 마리 할머니를 올려다보았어요. 마리 할머니는 어딘가 슬퍼 보이는 표정을 짓고 있었어요. 지훈이는 불길한 느낌이 들었어요.

"지훈아, 유리야. 이제 여기서 헤어져야 할 거 같구나. 여기서 문을 열면 너희들은 돌아갈 수 있을 거야."

갑자기 헤어져야 한다는 소리를 들은 지훈이와 유리가 울먹이기 시작했어요. 그러자 마리 할머니는 달래듯 말했어요.

"실은 이번 여행이 마지막 여행이었단다. 여행 전에 너희에게 알려 주고 싶은 소식이 있다고 했지? 여러 번의 시간 여행과 실험을 하면서 드디어 이 세계를 통하면 내가 살던 곳으로 돌아갈 수 있다는 걸 알게 되었단다. 돌아가게 되는 건 기쁘지만 너희와 헤어지는 건 참 슬픈 일이구나. 처음엔 내가 이곳에 온 이유를 알 수 없었지. 그래도 여기서 보낸 시간들이 허투루 보낸 것은 아니라고 생각한단다. 왜냐 하면……."

마리 할머니는 말을 멈추고는 지훈이와 유리의 머리를 다정하게 쓰다듬었어요.

"너희들이 방사능에 대해 제대로 알았다면 그것만으로도 충분하거든. 낯선 땅에 떨어졌던 나에게 너희가 와 줘서 참 고마웠단다. 너희 같은 아이들이 사는 밝은 미래가 있다는 생각만 해도 기쁘단다."

갑작스럽게 찾아온 마리 할머니와의 이별이 지훈이는 믿기지 않았어요. 떠나는 마리 할머니에게 진짜 할머니가 생긴 것 같아서 좋았었다고 말하고 싶었지만 어쩐지 쑥스러워서 말하지 못했지요. 그런 지훈이의 마음을 다 안다는 듯 마리 할머니는 싱긋 웃으며 말했어요.

"원자력에 대해선 아직도 연구할 게
많아. 앞으로도 잘 부탁한다. 너라면 든든
하구나."

마리 할머니는 어서 가보라는 듯 지훈이의 어깨를
툭 쳤어요. 그리고 유리를 보며 말을 덧붙였어요.

"유리야, 너와는 더 많은 시간을 함께 보내지 못해 아쉽구나. 지훈이에게 나와 떠났던 여행 이야기를 들어 보렴. 여러 가지를 느낄 수 있을 거란다. 그리고 다른 아이들에게도 많이 알려 주렴."

"네, 약속할게요."

유리는 마리 할머니와 새끼손가락을 걸고는 방긋 웃었어요. 그리고 마리 할머니가 문을 열어 주자 그 안으로 들어갔어요.

이제 지훈이 차례였어요. 항상 마리 할머니의 손을 잡고 들어갔었는데, 이제는 혼자서 문을 열어야 한다는 게 믿을 수 없었어요. 지훈이는 다시 한 번 뒤를 돌아보았어요. 마리 할머니가 방긋 웃고 있었어요. 지훈이는 마리 할머니에게 다가가 말했어요.

"할머니가 보고 싶을 땐 어떡하죠?"

"내가 보고 싶거든 나중에 프랑스에 있는 퀴리 박물관에 놀러 오렴. 하지만 날 보러 오더라도 내가 쓰던 물건들은 만질 수 없을 게다."

"왜요?"

"방사능에 노출된 물건들이기 때문이야. 그런 물건들 사이에서 나는 용케도 오래 산 모양이더구나."

마리 할머니는 그렇게 말하고는 웃었어요. 지훈이도 마리 할머니를 따라 웃었어요. 한참을 마주 보고 웃다가, 지훈이는 다짐하듯 마리 할머니에게 말했어요.

"꼭 방사능 물질을 안전하게 이용할 수 있는 방법을 찾을 거예요."

"든든한걸!"

마리 할머니는 지훈이를 처음 만났을 때처럼 손을 꼭 잡아 주었어요. 그리고 지훈이의 귓가에 속삭였어요.

"사과는 먼저 하는 사람이 멋있는 거야."

지훈이는 씩씩하게 웃으며 뒤돌아 문 앞에 섰어요. 그리고 손잡이를 천천히 돌렸어요.

더 안전한 세상을 위해

창고로 들어온 지훈이의 눈앞에 익숙한 광경이 보였어요.

"마리 할머니?"

지훈이가 혹시나 싶은 마음에 불러 보았어요. 하지만 마리 할머니는 물론 할머니가 쓰던 물건도 보이지 않았어요. 그저 먼지가 가득 쌓인 평범한 창고였지요. 문에 있는 틈은 그대로 있었지만, 그곳에 끼워 넣을 신기한 돌은 보이지 않았어요.

지훈이는 눈을 감고 문을 열었어요. 문을 다시 열면 왠지 다른 세계가 펼쳐져 있을 것 같았거든요. 하지만 문밖으로 나가니 보이는 것은

익숙한 지훈이네 동네였어요.

"고마웠다는 말도 못했는데……."

지훈이는 그제야 마리 할머니와 헤어졌다는 사실이 실감났어요.
왠지 모르게 눈물이 나올 것 같았어요. 그때 유리의 목소리가 들
렸어요.

"마리 할머니랑 잘 헤어졌니?"

먼저 이곳으로 도착해 기다리고 있던 유리가 물었어요. 지훈이는 아무 말 없이 고개만 끄덕였어요.

"정말 잊지 못할 여름방학이야."

"응, 그렇네."

둘은 아무 말 없이 창고를 바라보며 한동안 서 있었어요. 마리 할머니와 떠났던 모든 여행이 꿈같이 느껴졌어요.

잠시 후, 유리가 천천히 입을 열었어요.

"나한테 할 말 없니?"

"그게⋯⋯."

지훈이가 쭈뼛거리자 유리가 환하게 웃으며 말했어요.

"나중에 마리 할머니랑 떠난 여행 이야기 좀 들려줘. 방 사능에 대해서 궁금한 게 아주 많거든."

그렇게 말한 후 유리는 부모님을 찾으러 마을 회관으로 가 버렸어요. 이번에는 유리에게 꼭 사과를 하려 했던 지훈이는 또다시 아무 말도 하지 못하고 말았어요. 지훈이는 무거운 발걸음으로 집으로 향했어요.

집은 여전히 조용했어요. 부모님은 마을 회관에 가 계신 모양이었어요. 그래도 예전만큼 쓸쓸하지는 않았어요. 부모님이 발전소를 반대하는 이유를 알게 되었기 때문이지요.

지훈이는 방사능에 관련된 책을 찾아 읽기 시작했어요. 마리 할머니에게서 배운 것 이외에 다른 사실들도 알게 되었지요. 지훈이는 책을 덮었어요. 그리고 스스로 할 수 있는 일이 무엇일지 곰곰이 생각했어요.

그때, 전화벨이 울렸어요. 전화를 받아보니 현수였어요.

"지훈아, 지금 용민이랑 너희 집에 놀러 가도 돼? 내가 할머니 댁에 갔다 오면서 맛있는 과자도 사 왔거든. 같이 먹자!"

"그래, 우리 집으로 와."

예전 같으면 지훈이는 현수가 마냥 부러워서 샘이 났을 텐데 지금은 전혀 그렇지 않았어요. 지훈이에게도 멋진 할머니가 있었으니까요.

잠시 후, 용민이와 현수가 놀러 왔어요.

"지훈아! 잘 지냈어?"

현수가 커다란 과자 상자를 들고 지훈이네 집으로 들어왔어요. 용민이도 여름방학 내내 어딘가 놀러 갔다 온 모양인지 새카맣게 얼굴이 그을려 있었어요. 용민이는 지훈이네 집에 들어서자마자 냉장고 문을 벌컥 연 채 그 앞에 섰어요.

"이야, 역시 냉장고가 최고야. 밖은 너무 더워."

"용민아, 냉장고는 더위를 식힐 때 쓰는 게 아니야. 그렇게 열어 두면 에너지를 낭비하게 돼."

지훈이가 냉장고 문을 닫으며 말했어요. 그러더니 선풍기와 에어컨을 켰어요. 에어컨은 26도로 맞춰 두고 공기가 시원해지자 선풍기만 켜 두었지요. 그러자 용민이가 물었어요.

"왜 그래? 더우니까 제일 낮은 온도로 맞춰 두면 되잖아. 선풍기는 뭣 때문에 켜는 건데?"

"두 개를 동시에 계속 켜 두면 에너지를 너무 많이 사용하게 되거든. 선풍기가 에너지를 훨씬 적게 쓰잖아. 그러니 시원해진 다음에는 에어컨 대신 선풍기를 켜는 게 좋을 것 같아."

"맞는 말이긴 한데……."

용민이는 머리를 긁적이며 말끝을 흐렸어요.

식탁 위에 과자를 꺼내 놓은 현수는 텔레비전을 켜더니 컴퓨터도 켰어요. 지훈이가 현수에게 물었어요.

"현수야, 텔레비전이랑 컴퓨터 중에 뭘 쓸 거야?"

"응? 그냥 너무 조용한 거 같아서 켜 두려고. 오늘은 그냥 너희들이랑 과자 먹으면서 이야기하려고 했는데……."

"그럼 텔레비전이랑 컴퓨터는 꺼도 괜찮지? 이따가 보고 싶은 걸 볼 때 켜는 게 좋을 거 같아."

"응? 으응, 뭐……."

지훈이는 우선 스스로 할 수 있는 건 에너지를 아껴 쓰는 것이라 생각했어요. 그러면 위험을 감수하면서까지 원자력 발전소를 이용해 더 많은 에너지를 만들어 낼 필요도 없으니까요. 힘들게 만든 에너지인 만큼 더 소중하게 써야 한다고 생각했어요.

영문을 모르는 용민이와 현수는 지훈이를 보며 의아하다는 표정을 지었어요. 셋은 식탁에 둘러앉아 과자를 먹으며 이야기했어요. 먼저 지훈이가 현수에게 물었어요.

"할머니 댁은 어땠어?"

그러자 현수는 풀이 죽은 표정으로 대답했어요.

"할머니가 책도 사 주시고 맛있는 것도 잔뜩 사 주셨어. 놀이동산에도 가긴 갔는데……. 회전목마밖에 못 탔어."

"아니, 도대체 왜?"

"할머니가 다른 놀이기구는 위험하다고 못 타게 하셨거든. 게다가 너무 피곤해하셔서 금방 집에 돌아와야 했어."

현수의 말에 지훈이는 웃음이 나왔어요. 무턱대고 헬리콥터에 올라타거나 힘차게 손을 잡아 이끌던 마리 할머니가 떠올랐기 때문이에요. 지훈이가 마리 할머니를 생각하고 있는 사이, 용민이가 물었어요.

"참! 지훈아, 방학 때 귀신 봤어?"

"응?"

"창고에 귀신 나온다고 했었잖아."

"아, 그거?"

지훈이는 조금 머뭇거렸지만 용민이와 현수에게 사실대로 말했어요. 더 이상 창고 귀신에 대해 거짓말을 하지 않기로 했지요. 그리고 창고에 마리 할머니가 살았다는 건 비밀로 묻어 두기로 했어요. 지훈이는 거짓말을 해서 미안하다고 사과를 하고서는 말을 이었어요.

"너희들에게 꼭 알려 주고 싶은 것이 있어. 내가 에너지를 아끼게 된 이유와도 관계가 있는 건데……. 어쩌면 귀신 이야기보다 더 무서울지도 몰라."

"그게 뭔데?"

지훈이는 조금 전 책에서 읽었던 내용을 용민이와 현수에게 알려 주었어요.

"우리 동네에 원자력 발전소를 지으려고 한다는 거 잘 알고 있지? 실은 '원자력 발전소'라는 표현은 우리나라와 일본에서만 쓰인대."

"그럼 다른 나라에서는 뭐라고 하는데?"

"다른 나라에서는 원자력 발전소의 위험성을 알리기 위해 '핵 발전소'라는 표현을 쓴대."

"핵이라고? 원자력이 핵이야?"

용민이와 현수가 눈을 크게 뜨고 물었어요. 친구들의 모습을 보니 지훈이는 얼마 전까지만 해도 방사능에 대해 전혀 몰랐던 자신의 모습이 생각났어요.

"더 자세한 건 개학하고 학교에서 알려 줄게. 조금 더 공부해서 다

른 친구들에게도 알려 주고 싶어."

지훈이의 말에 용민이와 현수가 고개를 갸우뚱하며 물었어요.

"지훈아, 너 여름방학 동안 무슨 일 있었어?"

"왜?"

"아니, 그냥 어딘지 어른스러워진 것 같아서."

"그래?"

지훈이는 아무 말 없이 웃기만 했어요. 그리고 친구들과 개학하면 보자고 약속하고는 헤어졌지요.

집에 혼자 남은 지훈이는 달력을 보았어요. 가장 먼저 할 일은 일주일 앞으로 다가온 방학 숙제를 끝내는 일이었어요. 독후감 숙제로 읽을 책은 당연히 《퀴리 부인》이었어요. 책 속에서 무뚝뚝한 표정을 짓고 있는 마리 할머니를 보며 다시 한 번 다짐했어요.

'꼭 약속한 대로 방사능으로부터 안전한 세상을 만들 거예요. 우선은 방사능을 조심하며 에너지를 아끼는 것밖에는 할 수 없지만요.'

지훈이는 탐구 숙제로는 방사능에 대해 조사해야겠다고 생각했어요. 더 많은 친구에게 방사능에 대해 제대로 알려 주고 싶었거든요.

지훈이는 하고 싶은 일도 많았고 해야 할 일도 많았어요. 저녁에 부모님이 돌아오시면 무엇 때문에 원자력 발전소를 반대하는지 물어보기로 했어요. 그리고 방사능으로부터 안전해지기 위해 우리가 노력해야 할 것에는 무엇이 있는지 이야기도 더 해 보고 싶었어요.

지훈이는 나중에 크면 원자력을 안전하게 쓸 수 있는 기술을 개발하고 싶었어요. 방사능 물질을 안전하게 처리할 수 있는 방법을 찾고 싶었지요.

'아마 유리는 친환경 에너지를 개발하는 게 더 필요하다고 하겠지?'

지훈이는 지금의 부족한 기술이 안타까웠어요. 친환경 에너지만으로 사람들에게 필요한 에너지를 다 채워 줄 수 없다는 것이 아쉬웠어요. 유리의 생각처럼 친환경 에너지가 많이 개발된다면 원자력 발전소가 줄어들 수 있을 거예요. 세상에서 이보다 좋은 방법은 없을 거라고 생각했지요.

문득 지훈이는 헤어지기 전 유리가 했던 말이 생각났어요. 유리가 먼저 화해의 손을 내밀었는데 제대로 사과하지 못한 자신이 한심하게 느껴졌어요. 지훈이는 유리와 함께 마리 할머니와 떠난 여행이나 방사능에 대해서 더 많은 이야기를 나누고 싶었어요.

'유리도 하고 싶은 말이 많지 않을까?'

지훈이는 무언가 결심한 듯 운동화를 구겨 신고 문을 박차고 나갔어요. 그리고 유리가 마을 회관을 떠나기 전에 만날 수 있기를 간절히 바라며 힘껏 뛰기 시작했어요.

대한민국 대표 인성·환경·역사 교과서

왜 안 되나요 시리즈

아침독서 선정도서
한우리 독서올림피아드 필독서
국립어린이청소년도서관 추천도서
소년한국우수도서 선정도서
대교 눈높이 창의독서 선정도서

중국 저작권 수출 도서
서울환경연합 선정도서
서울시교육청 추천도서
교보문고 키위맘 선정도서
한국미래환경협회 추천도서

역사

환경

인성

생활

공부

권당 12,000원 · 각 시리즈는 계속 출간됩니다!